窥探心灵奥秘　谛听时代足音

Hongfang Wanqing

# 红芳万顷

## 陈景文最新爱情诗集

Chen Jingwen Zuixin Aiqing Shiji

陈景文 著

北方文艺出版社

2006年9月诗人陈景文在白桦林中　（摄影／张振华）

关注社会矛盾笔触向
政治问题、对前进的社
会给予积极影响，
读之使人振奋。

为
翠文同志诗集
题句

臧克家

1999 年庆祝中华人民共和国建国 50 周年，中央电视台与中国作家协会主办“祖国，我对你许诺”——陈景文诗歌歌词朗诵演唱会

2001 年庆祝中国共产党建党 80 周年，中央电视台与中国诗歌学会举办“党旗下的诉说”——陈景文新作电视文艺晚会暨中国诗歌学会“时代放歌”颁奖仪式

2009 年 6 月作者
在哈尔滨市河松小区

## 前　言　QIAN YAN

近几年来我博客上的爱情诗被许多网友转载，知音们相互传诵，是我出版这部集子的初衷。我创作爱情诗多年，已把许多红颜写老。为什么有这连绵的动力、至死不散的涟漪？我觉得它不单是文学的永恒主题，更在于它是生命的辽阔无际。既然感情与年龄没有关系，爱情就不该在中年后萎缩，尤其是经历感受会随日久年深醇成佳酿，红晕一切懂我的人。所以我说：“芳踪影成耕耘路”，“鬓发添白禅林雪”。这都不是拥拥抱抱简单的不舍不弃所能感悟的，爱情就是人生，理解这一主题的人才能有心力和笔力驰骋在感情的途中。还是那句话，在这隆冬时节，读过它的人都会好运如春，因为你会在情的海洋里沉舟侧畔，因为你会在爱的田野里红芳万顷……

# 目 录

## 第一章 爱在春天 云雨又隐青山在 虹霓必于芳径中

## 第四章 爱在冬时 鬓发添白禅林雪 肝胆滤红佛院风

**附录**

AIZAICHUNTIAN

第一章

# 爱在春天

云雨又隐青山在

虹霓必于芳径中

# 霞光总在日出时

——给博友

不敢打开你的相册

唯恐那真实光焰

耀出我的龌龊

细想，谁都在向往中活着

何必这样忐忑……

不要人为的风沙

把岁月斑驳

生命就会光明磊落

于是，我就勇敢地把你点亮——

霞光总在日出时

彩虹何必风雨过

# 我的波澜没有万丈

我的波澜没有万丈
此起彼伏是自己的抵抗
九天上你挥一挥手
我的心情就成这样
远方的你正多彩夜间
也仿佛风卷残云
于我心旌摇荡
这是一个什么世界呀
谁与谁都可以放牧想象
我向哪方求救——
才能说明你的力量

# 所有的相思都关乎我

——网络情谈

时光侵我芳菲

岁月恩怨如水

可以冲走我与他年

到底还留劲骨胸襟夜光随

再说，艺术女神可相伴

春花秋月几多回

大不了，远方近了身提前

诗句退掉天堂路

灵魂风吹心鼓擂

所有的相思都关乎我——

网络情爱笔做媒

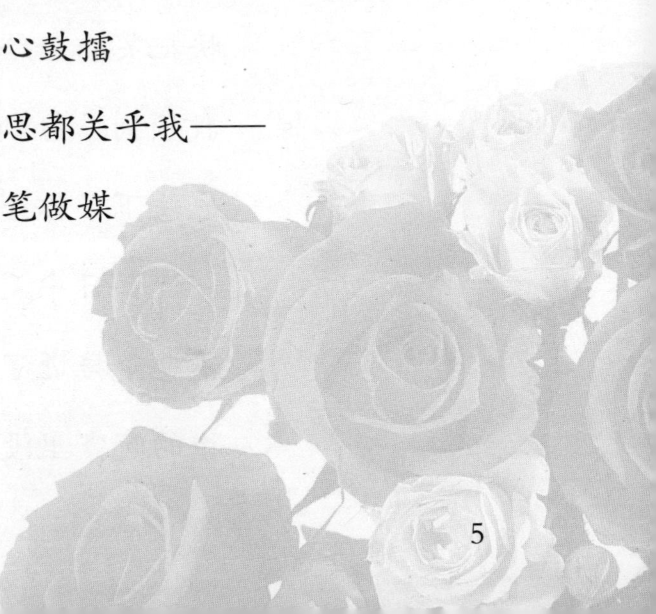

# 你纵横天下的美丽

——给朋友

你纵横天下的美丽
是人类目光的宴席
想要有一份真正的烹调
就缺我这道百感交集
常想迟暮时刻的就餐
还能不能这样拥挤
再有雨露含苞
是不是冷了结局——
快把笑靥分给众人吧
我领到一份灿烂
也攻下了你全部的课题
即使如日中天的气象
不也是接近了下午——
谁的晚霞里没有贫瘠……

# 我在春天里开博

——写给博友

我在春天里开博

必定身携花香

说明我的品格

一夜黄风阵阵雨※——

我心依然蓬勃

那是你的留言

把我的夜间激动

这是我送的纸条

赠你全天的惊愕

“正经”的人们都去歌舞了

就只好同心协力

互相我们的生活

※　我这儿正卷着沙尘又下着雨

# 让我们在多情中生活吧

——给读者

让我们学会感激
芳草就能四季
冬雪还不是一场春水吗——
融化是生活的必需
你春天里向我一笑
整个夏天都在记忆
一不小心枫叶就落入我怀
那个秋天全都是对她的思绪
让我们在多情中生活吧——
爱，本来就是一种鼓励

# 寻找逝去的小河

——屏前心事

我要和穷人相爱

因为富裕在改变原来

本是需要成熟

幼稚又加入了胸怀

初春柳色抒情

非要万紫千红豪迈

往事里装满祈盼

秋天是情感的失败

多少人在沿着月光

寻找逝去的小河——

全世界都知道

不退掉喧嚣

再美的村落

也必毁于公害

## 我在你的网中悲欢

——致一女博友

同是思想的夜里
我在你的网中悲欢
亲爱的红颜博客
我是你多情的风筝
正在感谢你的情绪
把我系在蓝天
就快垂柳弯腰的时刻
你没看到我已躬身
你那精湛的港湾
就会缘分成亲人
关系的设置
随便你的玉手收放——
轻盈不过这首小诗
沉重不过那座青山……

# 尤其是红颜欲为知己

——博友情谈

欲望统治着生命

诗歌能否适用

我感谢每一双消费的眼睛

使我的生产没有过剩

华尔街的风暴

已席卷了世界

你们还用光阴出资

维护着亚洲的神圣

我怎能不笔生光环

把日读夜咏

都当成中国的节庆

尤其是红颜欲为知己

也许能驻足风情——

成全我的前缘后梦

# 不尽才情扫红尘

——写给朦胧的你

书信年代的投寄
只是讽刺了期待
接收的地址
都是心灵的居所
悄悄的话语
也放在了阳台
我知道你在那边等我
等我携着缘分而来
如果，你心在乡愁
那是我沿着田垄
请李清照共影徘徊
如果，你身陷困惑
生花梦笔到处
都能朗诵李白

趁容颜没衰之前

允许我到你的闺房絮语

不尽才情扫红尘——

谁还敢把咱们的天空

再放上阴霾

# 我多想有你在神采里飞扬

——给她

春天是上帝的世俗

冷了许久又用和风贿赂

既然冻了的都可以复苏

我们这点小事还能把天难住

看来还是爱情的业大呀

遍地芳菲都换不来红颜一顾

回暖的空气可以挤满身体

心灵的广场还是往昔的温度

我多想有你在神采里飞扬

哪怕所有的季节都用零下建筑

谁说冬天与感情不好妥协

春天没你还不是空洞万物

最轻的伤害也会肃穆秋天呀——

最重的情就是与你在夏夜漫步……

# 收获天下风光

——博情尽言

我在创作中独身

我在思想里联姻

多少猜测汇入笔下风情——

谢过一切阅读的心

春柔夏烈秋爽

实质我正准备敞开

北方大雪的胸襟

浩荡一色也会穷尽的缤纷

我是边疆气质

培养的男人

稿笺上铺开四季

收获天下风光——

和谈情说爱的人们

## 唯恐辽阔删去你的芳踪

今晚的星辉

是你铺开的阵容

我在访客里寻你

唯恐辽阔删去你的芳踪

也怕读我的人走了

没有玉指捧出的晶莹

爱博爱友更爱坦荡

未满一年的婴儿

还不晓网上风情

倒是你用心问我

怎样沧桑岁月——

诗人，是我坎坷的姓名

# 总把群芳当画意

爱情不分四季

我都在冲动中运笔

一会儿是桃花春汛

一会儿是多情雨季

我在时光里面青春

眼前尽舞岁月少女

怎能不让我感谢生活

对我这些赋予

更可爱这笔墨年华

不朽的思绪——

总把群芳当画意

# 心灵门窗只放情感的蜂蝶

——时节我心

四月不是含露的时光
万翠芬芳总于一厢情结
有道冬天来了春天还会远吗
那为什么夏天不就势前来衔接
多么伟大的思想都未必神圣
惯性的劝慰合不起万古圆缺
我只信有一种规律正日月经天——
昨日的脚步不该在今朝停歇
百花怒放多是人意写照
心灵门窗只放情感的蜂蝶
我更晓弥久的生活与哭笑无关
淡然的枝头才有说话的喜鹊
你就能喂马劈柴幸福深山
着风意浪把大海分切……

# 不劳芳心再让重新导航

——春光心事

醒来的松花江水

还是绵绵地流淌

我要睡去的身体

许是对勤奋的补偿

呼唤了多年的爱情

终丁在桃花到来之前走失

其实是疲惫为故去寻找借口

不劳芳心再让重新导航

这是我的特殊抒情方式

各种目的面前就是偏爱迷茫

爱的哲学十分广博——

最轻的足迹不负最重的矿藏

# 我要网络爱情

——博谈情爱

我要网络爱情
请天下最动人的语言
代我为阅读经营
于此，博间也成了擂台
只不过比的是真诚
虽说，我要的芳心只取一颗
哪副身影我都让她玉树临风
甚至扶起咳血的黛玉——
我收获冰雪是为了奔腾
笔如刀枪武装浅薄
大爱的频道不问年龄
一改读书的人多了
读诗少了的古国悲纵
雄心荡起求爱的桨

拍打过多少回味的梦境

万回深夜开关你我

还有陌生于次日画屏

# 几十年就准备这场倾吐

——说真也真

怀旧的路都能走向儿时
远方的脚总盼着归途
你是我小人儿书里的风情
渐渐长大的柔情侠骨
记忆埋没了多少名山大川
越来越浓的景色
清晰着乡村的寒苦
名利的手递来几车的张扬
只有你的姓名
是不带头衔的归属
来还早年情债
等不得蹒跚缓步
怎敢在恩爱中衣锦还乡
几十年就准备这场倾吐

你还能脸带红霞向我点头吗——

谁不嫉恨家园的炊烟

在别人的天空放牧

# 我是你青春时节的北极圈

——博友情谈

屏现芳草碧云
情见绿水青山
零点过后还有温煦
我这儿居住的哪是冬天
每每都有细语评说——
是旌旗也靠风柔漫卷……
推窗远眺夜空
辉光已亮高天
繁华劲涌是不是昨日访客
此刻你在哪里参观
靓丽千屏却不现形于我
盼你美丽的双眸
再来放牧博间
扬鞭雪域北疆——

定让生命的前方有奇观

不是朦胧不是晕

我是你青春时节的北极圈

# 日新月异是说感觉

这时世豪放
淹没了婉约的人们
每当看到你朦胧羞涩
我就想直白欢欣
收着你的泪
证据你的心
这样你的旧情
难说不是我的新春
生活创造憧憬
热爱完成吸引
日新月异是说感觉
否则，就会枉然楚天黄鹤
就会浪费北疆红云

# 扛着谜语一路喘息

——写给网友

爱情之前是友谊

所以，我对发展特别珍惜

累了，会用千古欢娱为你偷情

苦了，能于月下花前为你盗蜜

七月的田野曾是相思的守望

秋天随着果实再坚定也许

我就是你情感里面动摇的人

扛着谜语一路喘息

多么向往白色炊烟绿色的家——

推门一见就是你

# 召唤我去重点寂寞

——给你

我岂能不被幸福引诱
只是还能谨慎欢乐
感情来自广博的耕耘
愧于你身心的园林
召唤我去重点寂寞
我们终于都懂了对方
笑看别人的来来回回
那愈演愈烈的浅薄
你是黛玉咳血床上
最强的表达是软弱
我是悟空翻天戏云
地下也总有人掌握
千年寻梦为枕眠
未来的时光田野里
必定会光彩我们的合作

# 款待漫不经心的脚步

——献给博友

自从开博

就有了一份资产

挣脱贫穷的路

其实都不遥远——

让寻芳觅玉的心

把我也当成红颜

最短的来往

也得用上瞬间

最长的夜晚

也熬不过灯盏

请你到这里驻足多情

我身就是地毯

款待漫不经心的脚步——

不让你在无辜中搁浅

# 年份无情网有缘

春天验证农谚

哪一缕风情

能打开心田

不是说我犯桃花吗

闭着眼睛说瞎话

迟到的喜讯谁付钱

粉红的去向

不是唯心的路

艰难才是自主权

再求轻歌曼舞的笔

重哭一场诗人泪

男儿身于芳草地——

年份无情网有缘

# 爱舟慈航情感的水

——博友论坛

开机江南

博入塞北

虚翠已为说从前

而今仪容心唯美

手搭键盘回复兴致

鼠标走心删去是非

绮霞投影碧血沸

赤情能辨人和鬼

远书一封顷刻事儿

近语多言有几回

不为物流

不屑稿费

栽下人气关注

留意天下恩惠

填平沟壑搬出阴暗

光彩重阳艳花蕊

一说红颜皆妙女

爱舟慈航情感的水……

# 剪下携手漫步

——网友情谈

我不计较你手的点击

我只想你情的属于

如果让我的诗歌俘获

心来就得带着身体

我怎能不好好地经营

集中最美的语言给你

让你天天回车

都有说不完的体会

趁你眼下没睡

为你屏幕天气

让雷别震撼你

让雨别袭击你——

你也许不是我的红颜

可我一定是你的知己

读到地老天荒

就会成就精神伴侣

剪下携手漫步——

我在辽阔的月光里等你……

# 男人也是女人的花

——为女性而言

男人也是女人的花

如“红袍”※一株点亮旷野

不求笑靥绽情万家

本是女人心境的独立

与风共雨再造红霞

全身流动负责的血

沏浓生活的强劲

了却气象的雪凌霜压

我是品味绕着生活的质量

与命运叫板的风景——

一缕柔唇玉齿的山茶

※ 武夷山上的名茶

# 那一眼灼热

——心回青春

不如与凛冽对峙那阵儿
北风中还有家乡
如今温暖多了
心却不知投靠何方
常于童年穿行
提灯照亮四壁寒霜——
光辉火焰怎敢埋没
我的青春时光
你借口送好吃的给我
（不过是少掺些苦菜的干粮）
背着那一眼灼热
漂流多少冬天都没冻伤
前院的小妹呀
是否欢迎同伴回访

屯子不兴整理旧情

见你的时候

我会穿上以往——

你用笑声缝过的衣裳

# 多少朋友看过我的胸襟

——给我自己的博

自从建立你那天
就决定让坦荡缤纷
于是，谨慎恭维着诗
因为我给含蓄找来了敌人
与人为善，总是拎着童心一颗
多少朋友看过我的胸襟
所以，夜也不是个人的夜
常是双眸闪光又亮星群
次日发射几组感动
会水晶一点儿公共的早晨
博大博爱博我们的情
网天网地网你的心……

# 维护你的美丽

——给你们

屏园开出多情的花

昨夜的浪漫都归它

生活里我在庄严行走

几分羞涩在早晨出发

寒冷从不空旷冬季

我通红的胸膛

得拥抱这场到达

有道阅尽人间春色

想必走过了雪欺霜压

正是我向她心供暖的时刻——

冰心玉骨早入画

婷婷风姿有白桦

怯向芳心男儿意

维护你的美丽

我会用尽日夜——

只要亲爱能挺拔

## 横穿夜雨向虹霓

——给雾凇博友

文学少女没有绝迹

乘坐思想的“大客”

也向我的颠簸

投上一枚硬币

世俗之水侵君身——

雾凇正搏灯红酒绿

我也站在边陲佛院

备下削发为僧的气力

拥抱庙宇不允的芳菲

在混乱的信仰中

为你的心灵和肩膀

放上已进父辈的敬意

有道是男人雄文花做骨

有你这样的读者和博友

我会笔补先天草化风

横穿夜雨向虹霓……

# 青春彼此心空

——我们正在交流

善于夜行笔耕

向着你的心灵冲锋

人说天黑就怕贼作案——

我和激情较量

所以，你就是艳骨临风

我的键盘是温暖的利刃

杀向你情感的寒冬

不信，你看又来一组火力

说是美玉加精※

请你珍爱收藏

留给晚年落日

青春彼此心空

※ 博客收藏的网络语言

# 这不正是我迟到的情爱吗

——博间漫谈

我有浩荡的歌唱
没有微弱的知音
所以，拜托了键盘
让它方向成花点击成群
于是，我的愿望实现了
她们带着自己的风景
加入了万千的我们
这不正是我迟到的情爱吗——
亲切朴实和平凡
不敢博大与精深

# 我崇拜坦荡

——网络情谈

我崇拜坦荡

因为质朴是我的信仰

如果都在这里居住

何必用天堂向往

你所有的传递

都是我的情书

公开明天的生活

其实你今夜的思想

我不是流氓我怕什么

与谁链接

谁都能看到

透明的成长

# 请心情天际邀游

——写给网友、博友

潇洒激扬文字
浪漫挥斥方遒
好友平等空间
相逢共享自由
我绘生活多彩青春
你写人生缤纷成熟
你为你的抒情
找到了你的歌喉
我为我的迷茫
擦亮了我的双眸
生活，何必雄关漫道
倾吐，恰好绿野红绸
博间虽小，是屋舍容身避雨
网络广大，请心情天际遨游

# 我宁愿都是真诚的音符

——写给博友

善良都在敲键

不信，你看投向灾区

不尽的祈祷和祝语

我没有付出

怎么能说被骗呢……

我宁愿都是真诚的音符

造就博爱的千歌万曲

联系民间的清醒

到模糊里找你

当丽质兑现了请求

也把我的才情

捎给了未来的许诺——

网络外在情感

请你挥霍我的心里……

# 谁是我的陌路新娘

——写给网上相识的人

谁是我的陌路新娘

相识就当情肠

在这距离提速的时代

一睹就是婚床……

后来索要当初

结果却不吉祥

从此的芳心不再精彩

男儿的旗帜落下了悠扬

其实，这都可以避免

苍劲源于玫瑰铿锵

女人都为向前动力——

爱巢广厦何必狭小洞房

# 一场网上迎娶

——给你

我为异性知己

其实，是经过了心的洗礼

最好的消息

闪耀着你以知音的名义

屏上标志的时间

说明我整夜都在读你

谢谢呀，谢谢

让我用虔诚通行

灵魂成全艺术思维

连成了桥梁

走来了男人的情思

女人的爱语

如今为相识轻盈

你的沉重步履

就当我们是童心玩家

一场网上迎娶

# 网络新娘

——给你

再孤独的冬天

也不能拒绝一场飞扬

我们注定会于雪色中相遇

来时你还会身携一派苍茫

那时我的博客情书

又被众心所著——

多少朗诵当桨远航

只是我早于先年

搬走了你心灵蔽障

连你自己都不晓得

缘分中有一座坚强

现在联络的人多了

你得套用地下工作的暗语

干脆就说你是“网络新娘”……

# 一场网上红颜

——给网友

凄凉是我承包的岁月
喧嚣是我拒绝的波澜
你能同我与之继续吗
那我们的灵魂
就能合作成天高路远
我猜测过你的形象——
美女不在网上周旋
快把共同的阅读
当作互望的山岚
或许百花到来的时节
我们还有机会野餐
届时，你把丈夫带来
我也感谢天赐人间——
一场网上红颜

# 岁月是一处灯盏

——网络情谈

感动的理由
有千条万条
你送的颜色最为妖娆
曾有多姿助我力拔群峰——
你迟到的表达
是软弱的逍遥
别总通俗缘分了
身心都在缤纷的大潮
岸边飘零着落花——
我们互相接纳出逃
倒是可以合伙孤独
孤独是沸腾的大桥
光阴随处灯盏
哪晚的心灵
还不细腻成火苗

# 你是我的灵感

——写给情感情人

你是我的灵感
不随时光陈旧
仿佛雷鸣高天
都是对暴雨的引诱
一星渔火也能引桨过浪
一抹朝霞也是夜的成熟
你就是我的许多向往——
是火是霞是融我的宇宙
没有你我会没有激情
激情充沛生活才能美不胜收
不然，我就守着枯萎的楼宇——
一直等着你的心情装修

# 最美的还是人心的风景

——给你

我为你精心了夏季的照耀

你给我打开了秋天的频道

不过转换了一场炎凉

生活的画屏就惟妙惟肖

我们就是这样多姿隽永

清新流畅不只是诗行

所有的日月都需真心打造

以后再也不遮遮掩掩了

爱你就用纵情拥抱——

这个世界最美的还是人心风景

其他的山水构不成情调

# 赶忙写几首好诗

——给她

剪柳的风就要来了

我窗后的冰雪世界

正准备隆重倒塌

这一冬的严肃

差点没把苦短的笔

乐成自己的私事

所以，春天我要还给大家

趁花蕊酝酿出世的空儿

邻舍的女孩儿

也于霞中秀发

赶忙写几首好诗

来说明我没有文化

告诉淡薄我财产的人——

富豪也可以来自乡下

# 是谁还我青春旗帜

——给博友

近日忙乱没上诗作，博友询问是春风送暖……

——题记

感谢网络博间

为我宽广红颜

韵律里打捞失落

意境中山上从前

风舞火红利刃诗行

再长的黑夜都能读短

宁愿欠雄心一路闪电

也不让情爱为我阴雨连绵

有如护花的使者点亮雨露

仿佛远征的豪情正在凯旋

是谁还我青春旗帜

乘浪漫离开沧海桑田——

群芳为我推开眼前傍晚

我让灵感拂晓身后百年……

# 几百年前我们就有了约定

——博间情谈

在网络里穿行

无视地位的门卫

小看的心灵

透过虚掩的性别

我把晚霞都请进芳丛

只要你兴趣盎然

就有了青春的通行证

美丽的评语是我们注定的缘

一如朝霞锦缎的赠送

我不感谢现代科技——

几百年前我们就有了约定

至于题材能否庄严永恒——

再辽阔的博间也铺不尽

沉默的相思互动的情……

# 我是依如往昔的村姑

——诗人生活的辩证思考

沸腾阻止不了宁静
趋势的萧条沉寂
也不是时代的心声……
我是依如往昔的村姑
头上的蜡染笑着官方的评定
“婆婆丁”用苦味
破解甘甜的梦境
宁可天高云淡
也不浮光掠影
苍白说我寻找过红润
富有说我倚仗过贫穷
我也宣言乡村温饱的主业
城市的副业成为主体——
人家工商部门
都说不注册凋零

# 需要的时候召唤我

——告诉网友

你的网
我的名
未必拥抱才动容
在这辽阔的苍天下
多少期盼能成行——
心能驱体擦肩过
读出美好与狰狞
就是缘分就是爱
管它性别和年龄
倾吐肺腑叶叶绿
憧憬胸襟片片红
涟漪波动
博友的心
一帆孤独

多舟沸腾

疆城有风已送爽

为你忧虑进闲亭

需要的时候召唤我——

不曾相约也豪情

# 总以笔端汇风速

——为美女说心

不是为美丽挽歌

低沉旋律里的音符

于权势之外幻想

睡枕上的可有可无

我是伟岸千情

吹动青春向着劲骨

我是风情五彩

专红于心的熔炉

血瘀可以沟通

气滞化为畅吐

葵花向地雨露

紫云围天仰慕……

我是情爱世界的气象员

总以笔端汇风速

只道嫁衣玉美腿

不劳芳颜总常驻

# 景象渠渠桃花水

——给博友

我不想写出更多真情
对虚假实施炫耀
实在是荒芜萧索困芳颜
向企盼提供需要
动几笔宵光唤来明亮
把分散的原声就劝进了歌谣
生活原来是这么简单
只将紫色胸膛赤色血
景象渠渠桃花水
万彩喷绘便成了徒劳
于是，我坚持朴素铸风骨
不允其他进画描
哭也淋漓
笑也高潮

就返回了青春靠近了爱——
小妹呀，你说兴衰人心
是不是就因这座桥……

# 我向自己约稿

——献给我的读者

还是人在中年
没有穷愁潦倒
博开千姿万面
我向自己约稿
上回送去晨曲霞光
这期推出风情大潮
心灵储存草丛溪流
屏前涌出江山妖娆
也许不够豪迈
没有再现浑壮汹涌
也许不够婉约
未尽黄昏小唱歌谣
多情多义都为你呀——
我想象中的真实瑰丽
我真实中的虚无缥缈

# 我必须练习年轻

已是流光溢彩

请你退回我的朴素

你有那么多的方向

怎么会在乎这点出路

我是一个中医

捧着祖宗的辩证思想

深知无限春光惹人眼

萧条不等到白露

多情定然是无情

一份挽抚都留不住

华佗、扁鹊常劝我

最近的身体是远方

我必须练习年轻

才能备下充足的脚步

# 我还该一如的单纯

——给她

我只记着恩情

来自女性的胸襟

不晓红颜变色

藏有多少祸心

是你踏着芳草

回赠一场吸引

我于中途倒下

决不会怨召唤的人

是鬼魅徘徊今夜

躲避也为次日红云

只要最初的动机不变

是谁怀抱于你——

我还该一如的单纯

## 我与你们相遇

——写给博友的话

那么多美妙的网名

好像帆航水面

在我的今夜汹涌

那么多动人的身影

仿佛蝶舞花前

化成次日的邀请

都说诗人情感丰富

岂不知贫瘠也是风景

我与你们相遇

你以为是多么忙碌吗

我怕从此，生活

会在财富里长睡不醒

# 我心可以探视

——写给网友

公开的留言
没有制造秘密
评论里万紫千红
盛开着你的权利
一边是芳馨描绘
我早晨的动容
一边是雨露含情
你夜间的天地
我心可以探视——
唏嘘呈现奇遇
温暖是我们的交流
也许，美好就住在隔壁

# 我是独家一方空间

——为读我诗的人

我是独家一方空间
邀来八千里云月
为他唱乐请安
收容九万顷雷霆
粉碎你的辛酸
赶上了多彩的节气
尽量绽放情感诗篇
现实清纯炊烟
浪漫认证家园
我只是重磨了真诚的钥匙
亲爱的博友啊
你们就成了我的苍天

# 我用纯情爱遍世界

——致博友

我有的是才华

来鼓舞笔端

伴着不尽的风情

弥漫网地博天

人说一发而不可收

期期都为心空浩繁

知道虚拟几尽青春专利

报到在世纪门前

血流也如处女般新鲜

我用纯情爱遍世界

谁还荒芜生命青山

你说李白浪漫

我再用杜甫纠偏

激情稳重阅读——

坦白欲望供人欢

# 我是雄风远处的悠扬

——给美女

美女从来不缺欣赏

观众里面我是你们的死党

挫折千回无悔痴情

万里雪飘也阻止不了向往……

只是在于区别浅薄

把绝色当作笔端动力

引丽质参观文学的辉煌

是待抚的琴弦

于边陲呼唤十指修长

是欲填的渠道

快让芳心化水柔软流淌

尽阅而鄙视亵渎——

我是雄风远处的悠扬

# 我是你认真崖上的那株松

——博友情谈

你说，早晚让我知道
你是真实的你……
我突然领悟
我是在虚无世界
遇见了你
这么随意的心灵交流
这么严峻的情感相依
两盘敲出两地书
各与心情说东西
早一点破雾真我面吧
不为拥抱才继续
我是你认真崖上的那株松——
总把别人的双眸当新绿

# 太久的呼啸不是人生景象

——给你

玫瑰是爱我的家乡
女人是我爱的信仰
这是检阅雄心的最好标志
等到这些愿望消退的时候
你的身体肯定是换了地方
纵有千秋伟业
继续傲世华章
都是为了温情停靠——
太久的呼啸不是人生景象……
谁能弯臂许我投怀
我就与她再造风光
除却苏堤晨柳
放过九寨夕阳

天下美景都是感觉铸就

截取芳心笔做枪

不爱武装爱红装

# 谁要抢走我的平淡

——又在一度春风中

是吐故纳新的程序
又度弯了脊背垂柳
在历史的重茬中绿过
逝去的要找这个借口
因为循环的未必深刻
我在辞旧迎新中清明
阳光的梦是黑夜激活
和煦不是平等的温暖
君心有条不化的江河
岁月和景象这样感觉
好色的人们都是远客——
我在家乡的身旁始终
蜂飞蝶舞的那般浅薄
轻盈不了地域的坎坷

谁要抢走这点平淡

我就用幸福和他翻脸

常情如水走成涓涓细流

成为旗帜的才激越似火……

# 生活就在这芳草地……

——给她

魂有红颜为旗
命向锦绣之地
祸水小人可避之
女人，你是我的动力
回想饥寒威胁
还有热爱不弃
困在孤岛愁极时
亏了匆现佳丽
星月侵窗只身难
两心为帘全屏蔽
暗处我有温柔在
多少豪情源夜语
肩头常存离别泪
大风歌里荡骄气

躲让是进退是绕

总为归情入小溪

啥时也不能没情谊呀

生活就在这芳草地……

# 有人引着异地风情

——时节我心

春天是化解的波澜

分色于大地的表面

仿佛是五彩出差

缤纷又回归自然

蓝天里久违的云朵

重新来到温情的画板

领我们再返儿时的孩子

才是永恒的春天

我在竣工的身躯

刚把童心的以后安顿

沧桑就拿着指令

非逼着年华动迁

多少天伦正欲重建

规划还拒绝图纸从前

长大是十分可怕的事

岁月同我们折腾——

不是暖于早年简单天地

就是冷在眼下复杂人间

# 我不纠缠那点节气

——写给岁月和你

大地终于举起繁花
成全了笔下方圆
其实，这都大可不必
没有雷鸣炸开雨水
心头照旧春色无边
这还不因为有你
才救我出了凡俗
也就不经意轻絮覆地
也就不留意重云压天
何苦要求相应万物——
新起的风总得吹旧
光阴用过的楹联……
只要在爱情里细腻生活
就没工夫计较皱纹

粗犷了青春容颜

真诚能够挽手岁月

时间也就没有办法

让日子错后或提前

薄情才觉在那儿坚守太久——

我不纠缠那点节气

正是为了厚月丰年

# 无奈我男人的骨骼是阻力……

——元宵佳节随笔

今夜灯红无酒绿

雪打正月是花絮

春水涟漪窗下的江——

北国冰封仍继续

我端坐博前看友人

气扫阴云想霞霓

都说善心周边有芳草

这眼下的气候咋反季呢

倒有几处匿名的客

借我的思想照卑鄙

若是堂堂饮者凭杯举

别筵本应随晕去

梦中尽是襟怀开

咋把偷窥当淫欲呢

疆城画意出颜晚

帆乘诗情多警句

转眼就是二月二

天蓝谁能不羽翼

只有她赠“单相思”

齐飞还有啥秘密

本是红裙向风舞轻盈——

无奈我男人的骨骼是阻力……

# 谁让我文笔之下有责任

——写给读我的人

没有恐怖阴森
不见艳照临门
亲爱的朋友哇
我们都是正经的人
只是在这污浊锈重
时光的隧道里
寻一隅芳草坐地——
还没准备共享睡枕
是在这万花丛中
觅一朵知音绽放
折粉破红的夜行
一定露珠是泪
哭醒我的早晨
我只好费尽思索成情——
谁让我文笔之下有责任……

# 也许正是怀旧的本质

——儿时情趣

联系我有一条小路
不劳大道两岸风光
你就说儿时玩伴
曾有竹竿为马
红绳系过扎枪
我就升华了一种责任——
请回流失的村庄
也许正是怀旧的本质
多少次高潮到来
我还站在原来的山冈
一回回纸价叫涨
都没夺走我的文章
是因信任最初的爱情——
我才没敢淡薄出发的地方

# 我的诗不是写出来的

——网络情谈

我的诗不是写出来的
是不幸低谷的船
一场随意的打捞
我的诗不是写出来的
是苦难之峰的雾
经意润出的山茶
沏出的万顷高潮
如果，大地累了
它要拒绝平凡
如果，天空累了
它要排斥崇高
你就来读我的诗
高低错落网友的心
是雾你也不会迷路
是船我也不会抛锚……

# 木棉树下忆当年

——回海南

虽说时光把我划进了游客

万树激情却让我返回春天

椰风海韵那是早年的诗

我不弯腰接受离土的花环

国际旅游岛于我是一种平静

十八年前比这阵儿波澜

十万人才过海峡——

行道旁我初识烈焰

收容影只是你的品质呀

至今还为我温柔形单

曾有长叹在三更中落地——

天下的女人都在这里红颜

不变的依然是命的甜情苦胆

及其憧憬挽心的岁岁年年

如今我沿袭夜间的行走

凝视你养晕羞霞的腼腆

谢了道道奔涌暖过的辛酸

更感激你花后纤维可以血色

她身那件久违胸膛的衣衫……

# 日日圣诞夜夜年

——我祝圣诞

花树紧缺

酒店爆满

岁岁浸在年年中

狂欢的火焰盼夜晚

民族的面子何其多

咋还向西方借商颜

人类的成熟要纯净

童话就拨儿时的弦

于是，我笔缝边思情扯线

又抛五彩促灯闪

穿冰绣雪进波澜

即使那老人拄杖来中国

不也是和风走在阳历前吗

哥本哈根会刚散

丹麦没心再闹户籍权

芬兰也古为今用争赡养

咱博向道观少寻源

我接待吉祥都不靠酒

青春放歌才聚杯盘

中西合璧叙风情——

日日圣诞夜夜年……

# 一切不快都已经走失

——圣诞送博友

雪地欲燃的灯笼

是我遥远的预祝

自从春天那次见面

就彼此了双方的圣诞树

拄杖老人用红衣庆喜

缘分才把耶稣请进风俗

北方冰封了节日的晚上

雪拍的贺卡是烫银的和睦

南风也温馨豪迈的杯盏

我怎能不喝下这朋友的倾诉

一切不快都已经走失

今夜的屏却因流动凝固

搭起彩楼让我魂绕吧——

情入胸怀我不问身体的来路……

# 边疆的雪雨苗禾

——2010 春天有感

北方的春季

用缓慢调情

本来已有几抹绿意

大地回头又去凋零

诗人们备下好多比喻

不讲信誉的苍天

却拉锯式地残酷众生

让我把红云紫燕

全都捐给了玉树清风

我想，即便是低音之笛

也要以人民的情感哀鸣

所以，宁可中间隔着

边疆的雪雨苗禾

跃身楚屈那儿的水颜山容

其实，我们都没有权力
背着祖国去兴奋前方
哪怕丽质兑现了男人的渴望
我也决不会贪婪夜色——
让天亮的笔锋失明……

# 新春恋影

——给你

在我心中花儿已经开了

茫茫雪不过是延长的雾落

透过掩饰谁没参与千姿百态——

其实你就是你自己的杰作

又逢一年的楹联翻新

谁不用心血倾情研墨

提着唐朝打春的一片风丝

搓成宋词河边的那道纤绳

两肩的力没换来一首歌名

许多浪尖上却有着颠簸……

我求大雁回归的路

总是骑着万里粉红

也好拨我一点儿面积

可别让晨光牵连屏上博客

我求看过我生活的帆
别再张扬顺水推舟了
要不，谁还坐在船头
欣赏男人们的拼搏
没有了楼上看我
我看楼上的余兴
彼此心田留一点绿
涓涓的水算没白白走过
上河图存照你的玉手撩星
二泉旁阿炳正弦滤寂寞
我是纤夫也在等待责任
怕就怕深度被浅薄埋没
这样这样的直取芳心
什么样的含蓄还不说破
如果春天积聚了全部力量
我决不在想象中把你捕获
借杯浓茶就展望了你的婀娜
谢谢你呀，只有具体的身影
才能成全我万紫千红的景色……

# 就怕你心中没春天

——正月记事

说春节就是春天来了，可边塞封江只有近月，雪域红梅，这儿没有，含苞吐蕊，时光不就，凛冽还在照常，二十四节气歌和有些农谚是晚于长江以南应验的……

——题记

我不想对春天礼赞

王谢堂前的后裔们

还没酝酿归途斜雨

即使笛音缠绕白云

这方也没能力偿还

乡下辍学的孩子

说小河被“大鱼”浸满

那见刃流泪的牛

要求再看一眼田园

我倒有笔能翻正月的风
击键清屏普天下
有钱没钱都找童年
纯情还有同桌的你——
可怜那片青纱帐
意淫毁在了门前的山
当下时兴粉装着颜讲寂寞
咱就得启示绿色动轩然
我与江南同日月
严寒为什么锁边关
蜂飞蝶舞只于哲学田垄
鸟语蛙鸣又在折磨语言
好歹有疆城用冷造红楼
将咳血黛玉当花鲜
我也就揣起情爱说伤势
把辽阔深冰做远帆
成熟不是目的地
就怕你心中没春天……

# 都是盘点生活在历史中风韵

——新春祝语

岁尾总存一些腊月的风
当然得打红正月的灯笼
拂出一片一片新春的雪
絮好江山和我们的年景
重复重叠有如被的温暖
回忆回首永远为夜色永恒
那纹丝不动的就是变化了
哪所住宅不连着哭声笑声
这其中冒出多少新鲜的草
准备成浩荡的生命碧绿
和我语言锻红的万古工程
谁人没有交替的庞大的爱
算沉重不过压垮小小家庭
在这经济危机的贬值里

觉着诗歌的价值反倒提升
不然为啥玉指也点破迷惘
招惹眼下急切和未来从容
恭喜发财的互相在讽刺市场
无价的是山河俊秀人心妙龄
坚定的信任浓抹出夕阳泛辉
漂泊的利刃淡过了战马嘶鸣
我盼青年都在年轻里成熟
我望老年也在成熟中年轻
至于我们的后代和后代们的家
都是盘点生活在历史中风韵
说不定那面雨后就是他们彩虹
不用祝福也会现出晨曦霞霓
流芳尽致地成为岁月的表情……

AIZAIXIAJI 第二章

# 爱在夏季

凝神心空夜色蓝

炊烟可步童年星

# 深夜的脚步溅不起音响

——夏夜译梦

顺着夏夜的风

我就找到了相思的田垄

早年的蛙儿都累了

谢它们叫出了这几顷酣声

静寂才有机会迎我回家

来还出走欠下的感动

深夜的脚步溅不起音响

进入默默的都是意境

只因当年一场投奔

改变了以后多少姓名——

诗人贪恋的是儿时风景

因为富裕的夜晚

专毁旧时的灯笼……

## 情感青春不是早年的事儿

——回首

夏夜星空下

手臂搭在江畔长椅

只是缺了呵护的肩头

我在久违的动作中想你

光阴修改了身后的大多背景

当年秀发还哄着当今的额际

没有花圃于膝前献媚

四周对流的都是鲜草的香气

如今，月影当镜再找当年

成熟的足音踩散不了往日的步履

情感青春不是早年的事儿——

我要向贫穷索要那场富裕

# 青春永驻未衰的我

——还是给你

提倡的时节

是提倡内容的微弱

洪涛大浪中

谁在呼喊干渴

生活的路

总被旧影徘徊

我用唯一的资本

把你救出水火

一屏赞誉

一笔贯注

博爱前方疲倦的天——

青春永驻未衰的我

# 喧嚣压岁不留芳

——给诗友

才华对我不需闪光了
李白已经在我窗前撒霜了
只好逼着激情让位闲情
也不悬梁也不投江了
可我还得做人啊
不用真诚漫身血流
浸不红搬来的一道霞光
本想偷进沧桑住上一宿
又有人举报外表连心
还有几处没有刀伤……
那是我留给崭新的爱
一点儿寂静一点儿正常
谁不知，屋顶新泥燕身旧
喧嚣压岁不留芳

# 遍野的异性是牡丹

——再说诗观

我的诗不是快餐
网络怎能将其偏袒
不信你动九回肠曲
也能让君一目了然
幽寂情愿红尘踏
喧嚣正掩湖底天
倘若这点尊重也拒绝
还说那精彩在西边
孤芳不赏这博中画
怎见三江仙鹤兴安虎——
野鸡群里看站立
犬卧荒原它想山
是唐朝不旧东方人
长江流水挂新帆

我就重操弓弩回原始

把物雨金风都射穿

远了的陈述意更切

母系的社会净炊烟

不挑我身着和携带

遍野的异性是牡丹……

# 如果你再不投降

——网谈情事

爱情是我的方向
诗歌是我的力量
获取心灵的最好方式
是用语言的云端
让美丽循天翱翔
我说过冬天别人就无法冰雪
我已经炎热其他就不好滚烫
是生活为我波涛
文字只不过冲出了方框
如果你再不投降
我就要亮起溅血刀光
冲进激情的大地
你不怕因你的起伏——
又倒下一片雄壮……

# 如果顾此失彼

——给你

爱你该有多么不易
还得愈合你从前的伤口
还得让你拒绝
不是来自感动的泪滴
那些男人胜了
他们都是专伺情感的奴隶
我还得去其他的业务
破风碎浪中完整自己
你就别求细腻太多
如果顾此失彼
没有粗犷挡着风沙
谁来玉洁你的身体

# 早与真情在私奔

——夏夜情话

顶着边疆电闪

借宿佛院禅林——

南国有那么多名山大川

还制止不了这夏夜高温

登上这节的人生小岭

北方就有清凉入帐

趁万家灯火熄灭表演

我来看看心裹着的心

疏却商风秽雨

重叠素朴衣襟……

所以，我不崇拜肉体

配合的人云亦云

我要芳草绿我意境

我要红颜哺我灵魂

相信黑夜掩盖不了赤裸
更晓欲望没有承包自尊
你就能够发现
还有昂然人间的笔——
早与真情在私奔

# 只求心能允许

——网络情谈

诗人使命来自天赋

语言只是一种工具

灵感才是杀伤的武器

其实，好多诗篇

是你为我备好——

没有你干旱的节气

我怎么能是一道好雨

不管湿润多少

终究可见葱绿

我不是房地产商

跑马圈地要的只是面积

我是一叶小舟

求助多情的风帆

靠近你的水域

每晚能为你调波戏浪

醒着都会梦语

你和你的好友喜欢

我就娱乐天下——

只求心能允许

# 前方的往事

我乘红尘远去

你跨虹霓出发

粉饰喧嚣退去了浪潮

我们的灵魂顿感惊讶

尽一生的豪情

其实不过一场挣扎

只有远方是非常的质朴

我怎能不以千山万水为家

亲爱的亲爱的你呀

也是我的相思在画里红颜

前方的往事

也许就是一杯浓茶

# 原来你躲在网里

——给你

分手时你是红颜碧玉

眼下时你可翠色相依

与这个社会周旋

你多么擅长隐蔽

有人说你在权力地带

有人说你在金融领域

我还是信你的芳心侠骨

世俗庞大也没法把你迎娶

寻找的路途好苦哇

原来你躲在网里

虽说重逢不是会师

旧情新思感慨的泪

正把我的博客冲洗……

# 销魂动魄的笔早就绝迹

——夏季情感

今天，我这儿没有豪情
点不开你用忧郁的冷露
在雄性田野的雪冻霜凝
疆城的紫丁香也不怒放了
夏天还没来得及摆开阵容……
该为凄凉准备时节了——
相思的成本太大呀
诗歌没有力量挡住
红衰翠减决定的年成
销魂动魄的笔早就绝迹
提灵感之水修波补涛
我得经受颠簸的航行
被人复述成这么多日月
习惯了古典渔火当代流萤

现在撤退有了最好的理由——

青纱帐中未能就绪夜曲

五花山上可以尽染晨虹……

八月乡村的童年时光

召唤所有的读者共勉

顺便看看长大的爱情

# 心就跟着起舞翩翩

——世说新解

我仍是啼哭于世的婴儿

还把生活当成摇篮

只要有花在面前鲜艳

心就跟着起舞翩翩

我还没把成熟

想得如此幼稚

只不过不应幼稚那样

幼稚着贪婪

有一朵玫瑰够我悦愉了

人间的美丽

自古不劲三宫六院

平民的骨质

要在生活中平凡

虽说构不成方向

也能止泣制悲——

坚韧欢声笑语的峰峦

# 你就被动地等着配合吧

——恋情之中

原谅我用了一半真情

就攻下了你的傲气

本是你一个人的主峰

成了我们两个的阵地

剩下这一半如何消耗

即使不累也要有你慰藉

你真的相信你的朋友

都举着庆贺的杯盏吗——

凶猛之前都潜伏着隐蔽

我不冲锋正是人家攻我

你就被动地等着配合吧

真相大白时谁还需要火炬……

# 来解救我的一池相思

——给你

我的夏天里有你
你的春色中没我
从来就没想对等交换
大不了能算望梅止渴
那是你身影的绿
在我眸前摇曳婆娑
一树翠叶落下几片
也好为我涟漪清波
痴情地绕行多年
至今没走完苦涩
不求你投全部青春
来救我的一池相思
虚无中能有这点真实
两岸鲜花都可用来祝贺

# 昨天的那阵风哪去了呢

——博前思考

同样的推开家门
是不同样的早晨
昨天的那阵风哪去了呢
枝头的鸟儿
不知明天的事情
我打听过去
也是询问未来的鸽群
天天更新都觉陈旧
日新月异总在前方
我用博红网绿招待
出征归来的人……

# 一浪高过一浪的欢呼

——博海漫谈

离开青春还有时间

不会布下成熟

来暮雨秋天

我的网恋十分幼稚

常将淑女当晚霞——

出发忘了装点

随着牧歌的方向——

时时找不到田园……

就是这样真实的淡薄

人们注目了我起步的阶段

博海情浪里的小舟

驶进赞誉的港湾

不用点击说明威力

总用感激扩大宣传

原创方为立命之本——

一浪高过一浪的欢呼

只不过是我跑道的循环

# 企盼简单的人们赤裸而来

——七夕有感

早时的乡村最懂七夕

黄瓜架下上映着童趣

两个火柴盒串起细线

哥哥的话儿就到妹妹心里

一晃这风情几十年了

家乡已不是那片天地

漫说几里星光就可宁静夜晚

即便你有能力决定灿烂银河

也打不开我们眼下的身体

难道社会前进情就得倒退

科技敞开灵魂却开始封闭

于是，我用我博建造了儿时田园

当然复杂的感觉是天然屏蔽

企盼简单的人们赤裸而来——

秋天的风才有望追踪春季

万千的我们已看不出昔日童男

如今的你也许就是当时的少女

所以，七夕也不是什么神话和传统

单纯和真诚都在寻找机会演绎……

# 头一次这样端午

——写在今年五月节

那一茬粽叶
是不是往年的复苏
这一带的湿气
却形成了今晨的露珠
长大的心灵已不像儿时亲切
鸡蛋静静在清水里孤独
还得感谢那投江的“大夫”
让诗歌有了节日
尽管孩子们在问
跳楼的和他是不是
死在了同一条路途
我说，不是寻常的方向
国家都得制裁向导
排除引力和下降的速度

云彩与漩涡没有拒绝

就是社会的宽阔

把它们装入了虚无

不过，龙舟尽可在南国江河五月

艾香也力奔北方窗棂里的“三伏”

我趁悲剧不晓为啥疲倦风俗

观众们习惯了以乐当哭——

添乱的笔头一次这样“端午”……

# 我宁可扛起贫穷

——和谐畅想

我是情感的帝王

常回乡间忧伤

让那些以为高不可攀的人

剥去我的伪装

我只认可温柔美丽

也不用太强调善良

白骨精变幻的心

是神话恐吓纸张

我要与她们风情日月

炊烟都系着白云

我娶的是邻家的姑娘——

如果谁能让我重返精神的村寨

我宁可扛起贫穷

跟着杜鹃花再上井冈……

# 我是你走向深刻的铺路人

——给她

都说你丽影香风多虚无
眉黛猩红着浅薄
我是你走向深刻的铺路人——
无非是手敲木鱼说坎坷
只为世道常修炼
悟出仙姿咋失色
你就能风韵总于自负里
天在黄昏人欢乐
青纱帐里听拔节
身披霞光赏日落

## 我们彼此相约

——再呈网友

我们彼此相约
组织生活情趣
八千里路只用一晚云月
网速就是相互的羽翼
在这人心怀旧的时代
有几分朴素慰藉
断了明天都不违天意
平等是我们的心灵
红颜绝姿不请亦来
高官大腕也感受活力——
端正心态都是雨露天地
即使奇峰倒映秀水
也不是我虚构的领域

# 我已来到了地老天荒

——网上情谈

灵感高潮的时刻
所有的欲望
我都任意凄凉
就这样崇高着自己
谁能替我表白
失与得中的时光
只有你这没有目的的博友
揣着一腔高尚
把我读成气宇轩昂
还不告诉我花向哪方……
有人随着孩子放假了
也有休博的告示
在心海停航
谁想检测一下

诗人的多情——

你不经意的夏天

我已来到了地老天荒

# 你说你是路过

——再致博友

你说你是路过

路过何必这么羞涩

又不是经意观光

遭遇了我灵魂的火热

一定是急着赶路

忘了备好的阡陌

那就驻足片刻

以便思虑沉默——

这里看不到大人们的纯洁

遮掩的快乐

撩你心愿复活

不想看的时候

可以闭目纵身

躲开穿着衣服的赤裸

只是累了的时候

不要说，特意来这儿坐坐……

# 所有的心都来纯洁一回吧

——难后心语

他们更懂得爱情

历经大劫深刻生命

仿佛有仙哲指路

回归了殊路远征

博天网地的友好哇

让我们轻轻地咬着

国家的悲痛

再挥手红尘物欲

看泪解不幸有幸

所有的心都来纯洁一回吧——

即使你是百年沧桑

未必乘上这样一场感动

# 我不博爱怎么办

——写于“5·12”后

今天午间

我又哭了

男人眼里不生产湿润——

都是来自女人和童心

你说过我的坚强

能在苦难歌吟

看到天堂失约

去到课堂感恩

除了不语情感奔忙泪

身体也在大爱浓荫

今年这是怎么了

撕心裂胆处处有——

最疼还是女儿身

我不博爱怎么办

我的职责是父亲

难道总让生活默默泪浸

孩子喊着血淋淋

抓一片晚霞快回家

感动，总是欺负诗人的心……

## 彩虹巴蜀天际

——致女友

听到最多的是废墟

看到最多的是泪滴

白色是心房的哀幡

红色是屏幕的消息

诗人不再用沉默彰显

网友的天才遭遇了时机

一条通向天堂的路

把整个中国下了半旗……

我不狂草你血热情思

季节我家乡这里

飞不完的柳絮

咬着嘴唇冲出格式

非要点出往日绮丽

只是得加上灵魂之火

彩虹巴蜀天际

同时也弯在我们的心空

一旦感情找到了祖国

单独的爱——

就绝不是唯一

## 如果爱都不敢爱了

我是你情商的分数

你是我爱的角度

不一定捆绑一起

才成为婚姻的财富

其实，这不挺好吗

身无缘分笔自赋

何必欠着你的情

还让后来的生活

成为心灵的恐怖

如果爱都不敢爱了

无爱的家庭

也就开始了和睦……

# 我得豪情殿宇

——网络情谈

向着欲望坦白

我想到你那儿贪婪

谁不知你不是路边野花

把命运交给采摘

你是我的艳艳晨曦

夜色再美只配徘徊

你是我的神采去向

不可同他山之玉

装扮人家阳台

但你毕竟是鲜嫩喷放

不能等来等去等成凋谢

不能傲来傲去傲成悲哀

不如，先在网中与我同盟——

好人都去抗震

好诗也能救灾

借着一场激动

我得豪情殿宇

这还不定能否

适合你的瑰丽身材……

# 故乡的田野我尽量使用欢乐

没有通知也不用庆贺
如同生理于身只请杨柳换色
回想没等低头弯曲七步之诗——
神州江山就呜咽成了祖国
我用笔锋挡着天堂的去路
诗幡吸纳不尽屏幕的萧瑟
从此，多少悲风博爱
纵然雨露也不忍田园牧歌
也有海浪般的欢呼祝捷八月
也有海啸般的危机沉重生活……
谁没阅读过那样一场经历
世纪的震撼把险恶淹没
孩子们来到今年思考
残垣耸高又山舞银蛇
我个人屋檐下没多红颜夜雨

我们中华大地上却众情婀娜

本博周年奠祭万命居天

故乡的田野里尽量使用欢乐

感动苍翠携缘在网域蓬勃

酒香茶浓就免了吧

点饮也得勒马停车

不如续写五月的故事

让精悍征服天下读者——

万古中华都经典着一部人类经典

不朽民族都不朽着自己的传说

# 人人都近岭眼下

——说给谁听

你入梦的那晚我没睡

不能虚拟激动

配合你的变换

再说也不是网络连接

你身段一有舞蹈

我这儿就风姿翩翩

所以，我从不计较

你昨晚怎么去构思春风化雨

我只于干旱的早晨

看谁能湿润今天

现在的青春多么现实

未来只是明天的套餐

也好，人人都近岭眼下

也就成全了理想的远山

# 我为谁倾情献墨

——同博友交心

你在网情

我在博爱

仿佛约好同归于尽

不然星光淹没床帷

怎么还激情澎湃

请你追溯来源

不要忘了原来

哪能乐不思蜀

那里共同天灾

我为谁倾情献墨

谁为我千姿百态

让我们感动岁月

把悲伤扔给不快

用童心斑斓生活

让激情铸造大爱……

# 索性，就在互相的心田里过夜吧

——给我的博友

我不想破坏爱的纪律
孤儿都不能被人遗弃
先张网把情接住
以后谁能管住继续
允许我不用他们的开头儿
是因为自己定不了结局
我发薪的地点带有点儿政治
天赋的浪漫本是它的大敌
其实这些都不重要了——
白菜土豆是我终生的宴席
可领你到哪儿去呢
全天下都忙着金色的普及
饥饿曾经拒绝了你的芳龄
不能让房价再挤着身躯

索性，就在互相的心田里过夜吧——

那里只用星空不用雨

反正再崇高的升华

最初也是来自肉体……

# 再小的心房也是场地

——给你

你是网上火焰
虽到我宅心却不能靠前
唯恐赤诚加氧
呼啦一下将血液点燃……
就让沉默的凶狠
培养的温柔利剑
挡住英勇的献身
和准备俯首的花盘
再小的心房也是场地
我只为脱俗卸妆道白
岂敢接受芳姿华容义演
如同身体解散了家庭
其实是把爱情

交给神圣托管

我不想毁了你的“来路不明”

将清晰押向桃花渲染

## 我随时都愿跟你们出发

——写给罂粟之灵

这首诗放了许久，因为表达不好对你们的感情，是朋友说，上吧，总是一点心意……

——题记

取自让生命上瘾的花
你的盛开却好运万家
天空悬挂着沟通的前景
地上雾气是走动的婚纱
谢过你们的忙碌
给予精神的升华
不久就会尽染层林
也会红透青春云霞
再有我为热爱添情的笔
一并传出心灵佳话

多么不肯俯首的身躯
都得加入这感觉的大厦
不意同深沉美声金曲
倒想与直白通俗天下
如果博友读成情趣
我随时都愿跟你们出发……

# 我得用反哺去怜香惜玉

——给你们

你们给了我这么多的荣誉

我得用反哺去怜香惜玉

有道吃的是草出的是奶

我也一副侠骨几道血液

其实，人的智商没有太多距离

茂盛的语言是依了善良心地

不经意间心花会有泪如露

笔下不难情的波澜爱的涟漪

你要我自私隐私独到足迹

我为你坦诚坦白众眸日记

请来那天飞地驰的生灵

都到我博享受多彩的空气

再点拨一点微风细雨

许是就和谐了性别的大堤

何愁霞涌天下不起身挂红

定有芳溢人间都赶来铺绿……

# 爱情该是不朽的鲜艳

——恋情遐想

记住跌价的忧伤

全世界都在寻找

救市的处方

从不观察股民的购买

把心卷入潮起潮落的沧桑

随年流逝的价值

陈旧你昨日的芬芳……

你永远是我窗前的早霞

一红就遍待估的行情

淹没出手再赎的肮脏

爱情该是不朽的鲜艳

明眸相互青春的画像

骑乘共有的航程

咏唱水花的馨香

# 把所有的访客招来

——为我的访客而做

不生长峥嵘怪异

你来透彻心灵小溪

看我的时候

也浸泡着自己

本该早年彼此

都被艳照的事件

耽误了出席

不算先行者

我不说谁能伟大

灵魂在震撼中搭就

我们都是炫然的彩旗

赎回了孤独中的凄寂

庆幸是不幸的集体

把所有的访客招来——

我这后半生归你

# 不亦乐乎迎远客

——博海情浪

认真心灵的期待
身体不敢徘徊
一条势必的路
把你运进精彩
来到我灵魂家园
朴素也不算饭菜
招来了真诚烹调
过滤着语言的苍白
红润成风吹拂的都是青春
浩瀚无垠激动的都是胸怀
每当情思离开键盘出征
不亦乐乎迎远客——
就宽阔了我小小的住宅

# 不用绯闻拯救语言

——说给为诗人看病的人

读诗的人少了
是因为写诗的人多
沿着灵魂的方向
都是无证驾驶的车
难道是因为我们
不用绯闻拯救语言
就不能光顾月季、百合
阳光在天上纵横
地下久违了大雨滂沱
于是，开始拯救诗人——
南疆北域都开了“博”
文痞流氓抬着担架跟着忙活
说他们也是志愿者
天哪，正因为救人的都是病人——
人们就再也不读诗歌

# 不知你在哪里

——给你

不知你在哪里
想念时才能血荡情激
迷人的都是方向
即使真实到了胸前
也不过一堆赤裸相袭……
从此，我是一个高尚的人
向长风吹林
索要天情于心的不动产——
九泉下同时的根须
和短雨过地
幽域里预定下我们
白云埋骨的日期
这样模糊着你的形象
人生真谛就越加清晰

不知你在哪里

许是爱情的危机

其实，是信仰加入了成熟

境界了空谷高山的目的

那飞绕梁祝身边的蝴蝶

正在馨香我们灵魂的睡衣……

# 不知爱情价更高

——爱情小解

爱情折旧了心房门扇
惩罚利用了婚姻的锁链
青春是通向未来的关隘
成熟在远方等着他的改变
谁都想瓜棚叶下童话七夕
天真却拴不住一秋的大雁
夜雨晨风刷过岁月积怨
佳境许是民政绕开法院
我们手捧早年契约哭诉
碰到李白也还不了浪漫
骨血里仿佛空调制冷
非得要掐死赤情烈焰
还有一点呼吁能力的时候
要向哲学索要海市蜃楼

得请理想退回七彩梦幻

同时痛心阅历的浅薄

只晓生命诚可贵的原理

没听爱情价更高的奉劝

经典诗歌是正话反说的样板

中国风情二者合一的硬汉……

# 不要用早生晚来约定前方

——我解感情

你是唤来的前世
我不是等待的坟茔
这样的差距只在传说
我们是高于化蝶的魂灵
如果我的奔赴是个雪夜
那漫天洁白都为感动送行
假若你返回的日子碰到雨季
那遍地枫叶全当焰火喷红
不要用早生晚来约定前方
我的热爱正为日后牺牲
说惯了天堂说惯了地狱
就是不说孤独也是忠诚
我在静谧的地方守候拒绝
如同接受那样在降服永恒

# 本来准备好的体温

——世态情说

不知方向的时候
我就拉上窗帷
防止星辰引航
好悄然链接芳地
投下我爱的苍茫
日出的时候
都熙熙攘攘
本来准备好的体温
让市井闹得过于炎凉
只有平静才是我的道路
不仅可以通向寻常
约几枚桃花上屏
也没人笑你误入了洞房

# 常于粉红的去处

——给我的读者

一个让原则僵化的人
决不会把博间当作牧场
放纵还算干净的灵魂
常于粉红的去处
吻一场鲜丽的草叶
再返向出发的地点
为自己谋划茔坟
思想者抛出一团团火
其实是长了几地森森——
我不吝啬时光
阻止接近的青春
我不浪费追随
把亲爱拖入光阴

迟早我们必然平等

晨露含笑或是夕霞向晚

都挡不住身躯必至的白云

# 才是我需要的生动

为你，我的心都装满了
来一趟就这么沉重
贫穷的资本不只是呻吟
再说呻吟也得依靠生命
这不都在活着吗
暝色只是小鬼的节庆
所以，我必须望着鲜艳
十八岁的青春
才是我需要的生动
节哀吧，别总在从前徘徊
没有别离的景致
相逢永远不会丰盛……

# 都在通向自我

——博间漫谈

你的哀声

抚摸我的忧伤

都是淡淡的安慰

千万别轻浮成沧桑

你们可能正值花季——

任凭秋天炫耀春光

博间的路

都在通向自我

千万别裸体成衣裳

有人拿着我的小诗发表了

咳，反正长兄

也要送你一点嫁妆

## 低级的是肉体

——给你

嗅着你的长发
吻着你的泪滴
都不如虚幻崇高——
低级的是肉体
不需要千古情爱震撼魂灵了
最轻微的欲望
是在感官中满足自己
所以，青蛇白蛇能传说美丽
梁祝坟前的蝶
总能引领真爱嫁娶
其实，我已是那里的幽境——
披虹相约总在雨后
枕露望天，年年夏天都在找你

# 都能让你告捷

——致博友

我没有盛开

是因为我不曾凋谢

不要用那样的评语

把我春风热烈

我没有新生

是说明我没有毁灭

不要用这样的博文

让我冬云凛冽

我把坦诚给你

你知道我不是威胁

五颜六色七彩光

人生的哪一个驿站

都能让你告捷

# 都说好梦难成

——我解我梦为红颜

都说好梦难成
皆因孤往独来
总将自己推醒
我身向着广阔
每晚都有佳境
纵然夜雨敲窗闭门户
全当小别祥云采新霞
瑞浪自会伴风清
我家就在这岸边住 ※
何愁枕上无涛声
至于伊人缺位常离梦
不忍红芳青青尽

※　居哈尔滨段的松花江畔

他乡更需丽影行

纵横睡意宵光暖

笔底暗降露华浓

呓语床头退浮躁

多少警句紧随从——

花蕊含香为君谜语风情

不湿身躯也湿你的心灵

# 都为我信号水域

——世警心语

女儿成熟了

我就更成熟了

成熟了期盼

成熟了孤独

多少年我在这里崇高

夜夜晶莹挂天

一地岁月疾苦

近来有人要侵占这份资产

不准我再关心日月

慈祥天下父母

换成一种方向

为生活分航摇橹

我还能信以为真吗

天下女人的家

都为我信号水域——

凡是两人的世界

都前程未卜

## 端阳情书

——屈原·你·我

不是瘦影清霜

念着楚风溆水

慰问知己心伤

是在千古《橘颂》里等你

爱戴品质沧桑

从没丢失诗人的责任——

你心就是我的汨罗江

看有真情献身

抓紧驱波赶浪

量我勇入芳心

赶快把闸门开放

没有小爱方寸动人

哪有大爱辽阔无疆

珠峰晓得崇高

泰山知道雄壮

这就是我的端阳情书

让人猜到冰雪天地——

心田都有蝶绕花香……

# 沸腾里我不能守夜

——网上情谈

都是春风催生的产物
双眸看着季节
寻找心灵落户
网间是博爱的大地
谁不轻轻一点
就香弥千山花开万树
前世没结风情
屏幕不现肃穆
一条理解的江河
包身淋漓畅游
一座精神的丘陵
蜿蜒与你倾诉
波涛淹没不了遐思
共同挥桨摇橹

云端下面雾霭

我们能把气象网住

沸腾里我不能守夜

只能献给你一处孤独

如果让我引经据典

曲径通幽就有了出处……

## 该是守住安宁的时节了

——说她

不幸是我们的红媒

有幸是我们的保安

谁来按铃我都不应

有幸不幸不愿别人看穿

该是守住安宁的时节了——

所有的光芒都得承受孤单

美人老了家倒安全

不在外边就引不起垂涎

年轻的身体近了多少远方

如今的血虽不轰鸣

靠向却是自己的港湾

# 怀念总为旧时灯盏

——给诗友

写诗必须付出情感
多半时光得回民间
约些豪情是可以的
对语言更要吝啬勤俭
仿佛就是守卫的那片水域
其他的潮汛都已退落
我还在这里用心护帆
不与朝霞抢夺雨露
不与夕阳竞争傍晚
朴素是我儿时的伙伴
怀念总为旧时灯盏
不用更新浪费
诗歌的光芒就已知晓
我们不会波澜永远……

# 荷花过雨池塘

——给她

惊雷前得有闪电
常识何需什么远见
不经意间把你失去
没有一点预兆当作风变
如今只有裂胆的痛
像揪心那样的怀念
这就是情感的惩罚
淡薄跨越不了的恩怨
哪能奢望重新
重新不是过去的实践
什么历史都不可以再来
微细到我们的感情——
没等荷花过雨池塘
达子香就已山头烂漫……

# 红颜要平息恩怨

——现代社会解析

红颜要平息恩怨

必须结束美丽

这是一种政治生态

超越国界的答疑

我也不再准备伟岸——

强者的前方也总是距离

找一份平常趁早了事

别让掠夺的枪药毒害了自己

那是许多人瞄准的去处——

所有的进军

都跟着火力

# 黑暗中你以为我不知红润

——给你

失败也不是容易的事

因为不是出发时候

选择的地点

我们的情真的完了

我又没有落魄如腐

成为专司警句的哲学

何必将浪迹的风景丢远

忘了你把我曾淡薄的诗

用青春的篝火点燃

黑暗中你以为我不知红润

有多少这样的朗诵

作为我的挑选

分手要趁年轻的时候

虽说一代一代白发

会把我一版再版……

# 今夜，文字如此难上荧屏

我只回车停车

仿佛于空寂之处

在练习演说

对面都是看不到的人呀

哪有明朗的方向

让我承受挫折

今夜，文字如此难上荧屏

本是准备抽泣

于芳颜一搏

看不到你也是你呀

不然风景的背后

我为谁诗歌……

# 皆因静谧笼罩了青纱帐

——六月梦回乡村

不欲纵深方有的清澈
贫穷才能映现的高空
天堂的路是乡村小道
用完明天也赎不回来
那盏光焰不远的油灯……
不可能再去打造未来
未来都是未来的憧憬
只求能有忘情的丰收
让我淡出铭记的田垄
出发的地点是最美的地方
可叹血液涟漪地刻舟求剑
在等纯真河道的儿时帆影
皆因静谧笼罩了青纱帐
喧闹才忽视了拔节声

不可重复的不只是生命
还有发生就不回头的情形
青春万岁力指当代迷津
人生百年累退亘古雌雄
空负使命打捞不了从前
也妄发白为水成波千顷
只好降格以求酒后事
让茅屋土炕进风情——
在这赤裸如夜的阳光下
有没有一处清晰当向导
领我到昨天的昨天去朦胧……

# 我是永驻人间的夏天

——生活杂记

修长的腿
释放着一冬的雪白
离俗的花儿粉红自己
女人说，盼到了夏天……
敞露的胸
装不下传统
克制的眼睛
包容了贪婪
男人说，得回夏天……
久违的轮椅
在芳草旁转动
蝶儿们不晓病身
患者说，又到了夏天……
谢你推动灵感

诗情日日盎然

岂止红晕妖娆窗口

分明有一弯清馨

把我搂成绿水青山——

海市蜃楼也在说

谁能把谁蒸成欺骗

彩虹是我的亲兄妹

共同的母亲是夏天……

正于气象猜空时

破译持久和短暂

美丽本由温柔织就

向往为了拉近遥远

带露的心头桃花不衰——

爱情说，我是永驻人间的夏天……

# 久违风雨我不习惯

——寄语诗心

久违风雨我不习惯

诗的灵魂经不起平凡

颠簸总为前方事

痛苦是我的后花园

热爱可以删繁就简

意念必须纵横旌幡

都与惊叹当祥云

不予前途泪凝咽

竟然他乡风光美

带走尘世哀和冤

仇恨制成狭隘的门——

不幸铺出辽阔的天

# 皆因这季节热变凉……

——给一女友

打不进地狱

捧不上天堂

世俗之爱很平常

养家糊口

几人总眠朝霞里

重复日出

群从晚夜鼾声忙

岁月自有魂归处

意尽爱竭逞啥刚儿

退出情场的醉是醒

身居官场的弱为强

也不较真儿谁真爱了

稀里糊涂是吉祥

退耕又把田还草

我警句高山牧牛羊

付出的全当色即空

收获的不止被在床

天销日月

人磨情肠

翻过的梦呓不衔接——

皆因这季节热变凉……

# 明日还要继续颠沛

——网上一次谈话

你以为你是平心静气

我却走过烈焰惊雷

有了电脑这么多年

才读懂了你的细雨芳菲

是你认真拨开我爱的丛林

并引群蜂向着诗的花蕊

也许你是蹒跚步履

借用青春的山道

在我的领地迂回

也许你是熟悉的手指

盘查我欠的情债——

越想越现画魂妩媚

心灵抓紧今晚的沟通

明日身体得继续颠沛

我肯定是在清晨里等你——

还想借用闪电

为你备下一场露水

让你清凉凝视

如果改变不了你多年的习惯

最坏也有霞光相随

反正我们都是君子

相约可贵相识

只要彼此把心留下

也就不必在意对方是谁……

# 你被我的多情领走

——网络漫谈

你被我的多情领走
沿着回复的山道
来到了答案的路口
这世间草率的成约太多
只有我与你的默契
才是风吹杨柳
我的诗行不是阳光——
热烈成豪情
亦可驱寒镇酒
我的感悟不是真理——
升华成流利
也可芳心不朽
在这遍地英雄的灾难中

我也是你的一方阵地

怎么来的并不重要

可贵在于你的坚守……

# 你早不如我早

——网上情谈

不会喷吐

用烟雾灵利思维

不会辛辣

用酒精狂妄燃烧

我靠激情围剿黑夜

需要使前方拂晓

贴心实施预知

合手完成祈祷

红颜没有知己

饥饿通晓温饱

网上也兴起了卦算——

多少婚姻向我问好

于是，万家灯火——

你早不如我早

# 你还来不及爱我

——给你

我知道
你还来不及爱我
雨露桃花短暂
谁不风风火火
但是，没有我参加你的人生
你不会瑰丽也多于失落
那是富甲天下
只缺贫穷思过
天天强悍拥抱
少了一腔负责
我是你最好的合作伙伴
我在，你穷的时候不感贫穷
没冷的时候早就有人育热……

# 我是诗人

——写给关心我的人

我是诗人
不来自作家协会的册封
喷云吐雾的盟主
给予的邀请
我是你用星光书写
也含蓄不了的轮廓
我是你用太阳置换
也搬不走的身影
在这苦于睡眠的年代
我来满足你的清醒——
两肩担着道义的广阔
一幅提着灯光走路的人生

# 爱莲，你又住院了

——第一次为虚拟寄言

爱莲，你又住院了
原谅病床前没有我的鲜花
我相信收到这首诗
你的心房就会萦绕
富有不抵的清茶
谢你关心我许久
从霞红草绿到雪白京哈※
如今，我来为你启动诗情
那些妙龄于身的知音
也得用这几个季节
才能读懂这场表达
天路纵横你我相识

※　指作者家乡通到博友爱莲处的公路

靠着地下这点缘分

就足够成全他们的婚纱

我在来年的翠禾里等你

病身微起前瞻——

播种和收获中间

谁还看不到我们互相鼓励

耕耘的那片庄稼……

# 看到一个女人的心思

——写给博友愁云

我在你的空间漂泊

看到一个女人的心思

宛如江枫渔火

于是，断然古典的凄美

我给我心一副枷锁

不能于夜轻佻

你已落雨的叙说

身心全部信任

为我感动轻歌

唱成杜鹃咳血

红了爱的坎坷

爱你就要走近你——

首先做你的读者

其次，才去参与你的生活……

# 感觉远时其实就是近了

——给你

对爱情我不再悲伤
为它我用过抽泣武装
有人认为那些都是袖拭眼角
如同猥亵伙同过肮脏
我也自省用了感情多少成分——
成全失望是我生命的信仰
放下怨恨是我生活的主张
不要为展风情去舞刀弄棒
六神无主时才五马长枪
诗歌已经赋予我深情的哀乐
都这等时节了还换什么衣裳
感觉远时其实就是近了
我分明看到爱情已为我定型留芳
五花山的美丽虽说十天左右

光是苍翠就得不到这等时光

单纯的真诚十分地可悲

生命的冬天需要七彩粮仓

在这减肥声讨消费的宣传中

你那婀娜身姿只是我的收藏……

## 我也想拍一套写真集

我也想拍一套写真集
传到从前的村庄炫耀
不同明星非得拽住今天
我是扛着未来向回寻找
问那时绿色养育的血
为啥还于复杂的躯体环绕
问当年奔驰撒欢儿的心
是否要找一缕清烟投靠
骨骼的写意要尽量突出雄姿
因为以后还有时间弯腰
肌肉的彰显略带一点铜色
更远的健康不图本色颜料
还有那最最隐私的表达
掩饰它就不劳人间芳草——
如今的具体都为空旷所需

卑下才把发源用淫意声讨
至于曾经的发型风中扬威
我现在也有责任进行追悼
灵魂透视根本不关相机的事儿
颠倒的日夜得用衣服思考
如果说我的追溯有些怪调阴阳
人家惊艳的作品方能走红电脑
羞涩劝我别赶时髦向青春义气——
我说是艺术就没工夫衰老……

# 迟到的春色也挡不住夏天

——春夏之交给博友

赶上了农谚失信的日子——
今年我们这儿少了春天
虽说历史照样在变化中行进
但岁月好像没工夫跨过时间
直达的夏季无力催开百花
入航的水觉着对不起云帆
惨了老家那儿冰凌虚化的田垄
庄稼人的躬身是仰务实的场院
我的生活也被气候左右
心地嫣红却没枫叶漫山
感情向着未来索要保险
倒退的桨拍打不出原先
好梦千回童年河边赤裸
房价高了反与贫穷无关

说真正的死其实他还活着——
忘记的力量已把铭记洞穿
国家能有多少十月可供丢失
端午节的粽子几人祭了屈原
更新咋能再用炎凉来衡波段
天上冷暖绝对是地下的版权
如茵绿草不光是南国情调
车载边疆开进了网络悲欢
趁着豪情还可以驾驭豪迈
推开抱怨推开责难推开自恋
迟到的春色也挡不住夏天——
请博友到我灵魂家园聚餐……

AIZAIQIURI

# 第三章

# 爱在秋日

独吟浅浅五线谱

合唱深深十月屏

# 我在失约里等你

——秋光心事

我善于为别人祝福——

一晃又到八月十五

你的良心休息好了吗——

别问我又路过多少凄苦

我在失约里等你

意志诚信都受到凌辱

这难道不是上帝错了

早该提前地狱遗骨

还是一颗追随的心

让人都寻鹤望楚

等你的新房亮了红烛

我就退出这场恋爱——

只有博大不问归属

# 叠成红颜凝玉的景观

——博友情谈

我在农谚里选拔朴素
霜降真的变了天
我不更新对不起你们
生活已不是昨日山巅
那就领着大雪纷飞
做一首呵气成冰的诗篇
只是趁着江水还缓缓地淌
判断出那片水域
叠成红颜凝玉的景观
我也要为你指点一处
安慰过我疲倦的地方——
归入大海之后
你还能否辨认它们
洗过你屏的那几处新鲜……

# 我有灵魂娶你

——秋季恋歌

银月刚沉

金风又起

雪映红烛之前

应该绵绵一些秋雨

送爽的日子太多了

都是成熟缠绕身体

这一生依靠艰难

起伏的稻谷喂养着己欲

最最不屑笔直的路

啥时能颠簸成真理

包括你入怀顺了

血色咋和别人对比

流失的都已奉献

未来里可能获取

我不计较其中的光阴——
势必才同赤裸相抵
如果企盼也算耐力
我有灵魂娶你……

# 我苦于与人共此时

——中秋有感

金秋八月

十五佳期

既然万家团圆少你我

何不大浪情海话潮汐

孤独已然身外事

只留思念护长堤

想你又到霜铺雪

凉月寒云各所需

过了书信年代

接不到澎湃冲击

我苦于与人共此时——

充实空怀心抱月

繁忙网络有泪滴……

# 不敢说我就在那里等你

——中秋写意

熟悉的万代风景

每年都来崭新意境

这才是与时俱进

玉兔桂树看没了多少心灵

更笑文人墨客和我自己

岁岁仰天不变写月的“才能”

圆了、缺了、凉了

说不出一点宇宙真容……

老父的儿时月亮没有祖国

我少年的天街都一色纯情

如今的孩子已无俗赏月

更不知道我是那里杰出的坟茔

地下观天的人们都是归天的看客

看来看去都把天国看成了沸腾

不敢说我就在那里等你——

自然法则必定了你身携繁荣

# 我就信笔天月走雄风

——八月记事

月光是供人抚摸的
不然，很多的心事
为什么在秋夜里进行
海棠铺霜冷遇了酸甜的季节
笔蘸天意清馨你送的柠檬
其实，这就是我们的合作
本该不应更多的憧憬
我是一个农民
读到你的一条留言
思想能丰硕田垄
听到你一首歌音
情的大堤也开始充盈
都说八月云凉易凄婉
有你到访今夜——
我就信笔天月走雄风

# 心灵朴素当天梯

——八月心情

月悲减
风悲戚
赤裸都说包装好
不是皇帝有新衣
正好虚无遮望眼
心灵朴素当天梯
你用仙姿
我驶巨笔
收拢漂泊山水
召唤孤芳情起
本以为两个十五天更亮
谁知道正是黑夜误时机
我非得找个阴雨连绵日了——
哭出男人血和泪
才能破晓你心看晨曦

# 举起灵魂的火焰

——月下书怀

今晚的月亮
十分地古典
诗仙也来邀我
对影多人举杯长天
原谅我吧，没经你的允许
又对你痴情思念
你还是一如既往地阻挡
只好请寺庙来修改时间
可我不想去当这样的教徒
我认为放弃也是霸占
那是不想让我的憧憬
举起灵魂的火焰
仙哲于盛唐就做了指点——
你不参加我的心灵行程
我就一个人去浪迹千山

# 你我的身躯都得共入明朝

——中秋遐想

圆时，我把你当作天庭巨鼓
挥全部豪情击打猛敲
强音吞雾让闲云喝彩——
得为我心和万众皎洁今宵
缺时，你也是我开天的钥匙
化成小船儿歌在水面轻飘
洞开的大门波动旖旎——
没一块云翳敢与我抢占风骚
没你的时候也不情绪炎凉
参观你的成长而不需你的照耀
只谢夜晚陪我哀乐同在——
你我的身躯都得共入明朝

# 是谁为我经营秋天

——网上情谈

极目阅尽心中往事

从容掩盖几多辛酸

多么坚强都得为爱殉情——

男人的痛苦不会失传

我正于你的新欢之中

梳理自己的惆怅

落叶来到的时节

是谁为我经营秋天

多云转雨何时晴

大不了，人家入睡我失眠

世袭的美丽能否绝版

浪漫的诗行不养红颜

文山诗海谁富有——

一束崇拜一道花环

围起不老的心房

永远你青春的灯盏……

# 我在中国的北方秋天

——献给五大洲参加奥运的人们

给我一片欢呼
我就能和世界接壤
因为我深刻通晓——
凡是冠军都有家乡……
送你一片深情
你就会驻足向往
地球村落虽说宽阔
鲜花就种在你的身旁……
所有的纵情跳跃
都有我参加的崇拜
为人类祝福的灼热激浪
有一朵还是我们村头的风凉
我在中国的北方秋天——
沿着红叶欲铺的山冈
芳踪天下心不迷航……

# 繁花劲落泳池

——写给吴敏霞

用枪射到人家靶上

把球整到对方网里

马一开蹄事儿就落幕——

吴敏霞，你不算失误

是繁花劲落泳池

惯坏了华夏的双目

你看跳台下面的水

没敢举起为人祝捷的花束

从伏明霞到郭晶晶

奖牌都在围绕艺术

是以为苍天把冠军

一直许配中国

这是谁的错误评估

所以偏差就讥讽美丽投入

我看你起跳绝对的青春靓丽——

呵护芳心，我不准别人说不……

# 苍天许诺的庄严

——写给刘春红

再加、再加

就是举起黄河汹涌

就是举起泰山巍然

我的礼节太轻了

为你的欢呼

为你的花环

怎么说是顺手牵羊呢

那是多么的温情绵绵

你壮举的可怕

正在残酷突破的明天

还有你的身躯

没有那么的沉重

却扛着力量冲向

苍天许诺的庄严

我不得不为你追溯

如花少女的从前……

# 有谁不为你们的娇艳自豪

六朵小花
开在八月季节
真想为你们笔名
例如凌云鸿雁
例如仙姿羞月
有谁不为你们的娇艳动情
虽说不及父母那样的急切
共同关注都有眼睛
疼爱脚板稚嫩
移走沙石之路
关注肩膀单薄
驱逐风浪肆虐
国家功臣的沉重
可把一切成熟提前

又能推迟青春血液

是你们盈眶的晶莹陈述——

让我坚信花开不谢……

# 男人爱好到那里游泳

——给一位朋友

在冲动里持续自己
想着万千风姿
都集中于你
重要的还有含情的方式
一定得用羞涩打扮
不要我爱，我爱
让不爱你的人
利用了身体
欲望丰满的不是河流
女人最好别一澈到底
男人爱好到那里游泳
搅混你的日子
再读我的贺卡
绝对没有青春寄语……

## 一腔真挚几人阅

——屏前信笔

秋霜悲歌近凛冽
才离几天中秋月
方才少女红晕多
又待含苞说凋谢
尽量我笔赶行程
总于博前灯不灭
朋友啊，相识一季胜多年
有如互动青春血
真不知，再同油灯忆儿时
旧情咋回童年夜
无电无网无影视
无欢无趣无热烈
你我都是重情的人
读心只能靠邮差
一腔真挚几人阅……

# 葵花俯首的旭日家园

——给我的博友们

商家每天都在苦思利润归账

我时刻在想别人投入有没有偿还

冰凌到时我欠群芳的诸多激动

天天回车也运不完花予的盎然

细雨中那位梳我额头云翳的大姐

回报你就当飘逸长发晃若屏前

凛冽中抚我衣领的纤纤指节

我在刚劲中都为她留下柔婉

更含那些静候我佳句的知音

令我润出光芒再把光芒追赶

我必须躬腰文字向四季谢恩

才能有血热青春的不朽心田

夜幕里雪绕梦枕我也坚持明月清风

晨光中沙打眼帘不碍舞蹈七彩光线

服侍这块没有稿酬的责任田——

朴素着葵花俯首的旭日家园……

# 爱情，我对你已经尽力了

——秋光心事

萧索不关幽径的心
八月风起都用金
众花敛艳水还寒
依是月朗挂天真
好长时间不悲痛了
只用力量写缤纷
人为赋诗强说愁
我得豪情掩光阴
爱情，我对你已经尽力了
勤于屏前键凄美
从不床头怨己身
欢乐总旧
悲苦常新
多少岁月轮回我——
都当上帝搞平均……

# 不破秋风也铺霜

——当年女友如今的博

我的韵律里
都是你的歌唱
备下这些音符
几乎把我的资本用光
我是杜甫笔下的茅屋
不破秋风也铺霜
回头看看我的“博”吧
我们的当年都在这儿呀
尽管你额头沟壑埋深浅
扯不尽生命苦短岁月长
更有这不悔年华陪我老——
一屏波澜供品享
幸亏时代为我用

走了青春不走光芒

不到夕阳叹无限——

情至极处风自扬

# 谁把少女领进沧桑

——世说新语

谁把少女领进沧桑
谁就把所有的罪恶
都堆成了家当
天真是青春的桥啊
女性的浪漫温情
能融尽残雪冰霜
安身之所也并不重要——
缺乏活力的生命
都是万类的铺张
只不过这些美丽
要靠你的纵情创造
我要挺起时代软弱的笔
尽可于地弥散天香

# 沧桑能埋多少柔情

——旧世新说

在爱的峻岭中峥嵘

不觉又诚信一岁寒冬

痛苦源于说了实话

我觉我心年轻……

结果就被人家整编

打入了另一个阵营

我确实不想青春自己——

沧桑能埋多少柔情

干啥老看封面说话

你得常驻里面的内容

爱情是设计大赛吗——

我就放上一座青山

谁能推断出年龄……

# 我也在年年凝视中满足吧

——给你

用过夏天的大地
又望秋夜的天空
景随情移人随景迁——
你是我微寒欲现的红枫
沿着五花山就能找到你呀
一树叶片不负含情的眼睛
你是冬季预支的热爱
为报企盼发出的回声
离人三季就复出半月
空守还说得到了补充
之前的青丝银月都为宁愿
见血的时刻才有情极的真诚
就是妖艳搬动大红大紫
也是费力不讨好的经营

我信拥晕护颜进入的风情

还强于杜鹃啼血又被凋零

我也在年年凝视中满足吧

更免花儿到手秧做了囚绳……

## 信笔说事儿

——另类情语

中国人好用数字对运

你生日那天我发烧

度数正是你的年龄

一阵繁忙过后

我的体温还在增高

于是，《易经》说起奇妙

“风水”也来过招

我知道一位老翁生命处处碰四

104 岁时还欲婚添娇

汶川地动数字吉祥

千万生命汇成泪水滔滔……

真正的感情不因四面风起

美好的道路也有八处泥沼……

# 一切都得归于平静

——秋光心事

惆怅为什么钟情秋天
哀叹因何固执红颜
又是一度叶落时光
卧雨听风数着从前
谁不刚从兴奋中走来
极目阅尽身体的展览
一切都得归于平静
我得继续情爱的峰峦——
天下的男人要有正事儿
必须从为人欢呼的海洋里
领回你自己的那片波澜

# 心与晶莹不是买卖

——还有一种秋光心事

我不知道因为什么
重新地被你所爱
困惑不解在交易的市场
只有仲秋为我博大胸怀——
心与晶莹不是买卖
何曾还有贞操的旗帜
到灵魂里摇摆……
很快就要秋霜冬雪了
我得进行一场掩埋
只有多情的月饼说明节日
编成居所都是人家的住宅
今后也会登高望远
不过都是经营不利的债台……
来年的这个日子你还痴情

我就还愿今夜的月光皑皑

用满身财富邀月

为我们的合作证婚——

来开阔我的狭隘

来含蓄我的直白

# 圆月再轮天上

——心随季节

寒露洒在深秋
萧条又欲的时候
圆月再轮天上
两阕合起我们的乡愁
不能肩负沿江的叶落
眼看着热情歉收
黄昏中的身影去到哪里缘分
唢呐声咽吹动不了红绸
情境停在季节
心地疏于交流
我恨自己是这么世俗
也同冷暖情绪人间
霜降滞水咋好意思阅读
那穿冰冒雪的冬游

# 只有如水的月光

——中秋心事

一览无余这个世界——
并不在意苍穹又一个八月
身体情感的联合
就是人间的一切
饥饿、温饱，失意、得意
只不过都是其中的章节——
我依靠时间的力量
总在你的心屏跟帖
情里有我我心不在乎身体
情里无我身在我身都等于失约
那是地位金钱的逼迫
或许房间里正好欲望空缺
所以，每年我都到秋风里找你
只有如水的月光——
才能帮我洗亮婚姻的台阶

# 十月絮语

——我见到了她

上旬的阳光
收敛着充裕
又有多少妖娆
在秋色中走出身体
这会儿有颗高尚的心
在提前的冬夜等你……
权当青春盈面
掩过岁月疮痍
谁计胸前塌落夏日
后背已让春天出局……
舞场才管腰条身段
餐厅只为食欲风靡
我是你再度饥饿
可以重缕的那段炊烟

弯曲垂直的生机

我是你获取衰老之后

更加经意的远方

近在华里的清风徐徐……

# 如今，只是截住了遥远

——我解我心

生命没有衰竭
我就喷薄精神
也许不能像拔节蹿高那阵儿
碰见美人松屹立悬崖
两腿就朝前和陡壁较劲
看到鸽子在蓝天展姿
双手就向上抚摸白云
如今，只是截住了遥远
不向虚幻追寻
仿佛要晨光向旭
反而陷进了傍晚黄昏
人生的艺术
在于把握分寸——
掩饰爱好的叫政客
直言美丽的是文人

# 如今回过头来

——给你

爱你就要远离

谁能领悟天启

我就背负深爱出发了

不见心闲桃花去处

信仰也拒绝参拜上帝

只是近你的灵魂

必须远我的身体

一算也有几年行程

构成了追求苦旅

如今回过头来

万物都已模糊——

原来尘世生活里没你

# 原来在哪儿还在哪儿

——给一博友

我不孤独

因为寂寞是一种虚无

追求多了

停下来就是前途

我乐于被你邀请

是为了不与生活抵触

朴素的命运

承担不起缺失的反哺

原来在哪儿还在哪儿

其实，你就占据了幸福

风光，哪里仅指异域所引

憧憬而不行动——

是上帝发给我的护身符……

# 心都为心折磨着心

——为真情说话

这么的直白
你都看不懂
活着的都在怪怨劳累
死亡的只能长休不醒
心都为心折磨着心
到哪儿去找一处
特别独立的风景
睚眦入胸狭窄着社会
宽阔的大路不由田埂
小区的生活本不是神话
模拟还总在淹没传统
他们找不到飘然的源头
可别拿我们去祭奠董永
偷偷摸摸的都说正派——
公开的不就是阳光万顷……

## 心灵可开亦可关

——写给不解的人

我是耕牛疲倦前方

身体适应了敦促的皮鞭

每当博友呼唤更新

我就把情感昨日当明天

不敢敞胸接风雨

愿引小溪去千山

文学不就是领着心事到你家吗——

心灵可开亦可关

即便你遁世绝俗全封闭

也找不到野岭幽魂看孤烟

还是入乡随俗跟天乐吧

社会千姿风情事

个性百态人世间

谁能储存谁富有——

小心忧郁成病

整天惦记我的诗篇

# 只要勇敢启动真情

——博情论谈

旷世的忧伤里

我早已缺席

自从你阅读了我的诗心

愉快就成了定局

我们坐在中秋的月下

看他们在描写荒凉

说到就到的春节

也许有我来制止萎靡

于是，就让笔尖的流淌

加紧屏上的沟通

一亩荒芜不劳众多

来汇润绿的水渠

只要勇敢启动真情

我们的我们——

都可笑对无聊的风向

成为互相对流的彩旗

# 这都是动用青春话沧桑

——网上离别

天街一夜小雨
我这儿就成了北方
有你推开告别的门
不冷也得换上秋装
前日还倦曙烦霞厌意多
今朝又惜星怜月泣时光
就怕季节深处南飞雁
不等重阳雾后霜
情极语热离身去
晚风萧条松花江……
这一夏皓月为你芳影地
我博也举酒退夕阳
都说虚拟不同真实在
网中的茶水还没凉

日子就是人盼人呀

凛冽中你携百花香

看好今年圣诞树

我还真情挂吉祥

如果扇驱烈日的时候人还在——

这都是动用青春话沧桑……

# 这个世界还很幼稚

——网上情谈

我的诗是成熟的旗帜

捎带网络一些少女

这个世界还很幼稚

尽用爆炸、假装

当作不敢强大的用语

只有你们的真诚

轻盈一段可能

简单一程也许

更惜那中年的沉重——

不带伤痕的心

是被波浪讥笑的岛屿

跟着我的昨日去寻找和平吧

吉祥的风帆

都吻过不幸的泪雨

# 这种合作也算成功

——情感剖析

不能说我们的当年
就是一场遭遇
你正在寻找颜色
诗笔即呈赤橙黄绿
我恨不得白天都是夜晚
纯朴炊烟成原始
你更指望黑夜都是白天
好满足万眸惊艳的回头率
这种合作也算成功
几首小诗就抚平情欲
没有成本还没有孤寂……
惩罚是跟着投资来的
本金微薄发展必现乏力
再说，不明的山不能叫矿——
屯子天生就不产金带玉

# 在当代里古典

——博友情谈

女性的读者

都是我的红颜

精神的光芒

耀着共有的家园

一屏丰收浸着辛勤

正源我担水来你浇田

我唾媚俗论青春

多情才能多有缘

抒情尽弦群芳的美

博爱天下同超然

让我们相印彼此

在当代里古典

博间广种相思树——

链接温柔养天年……

# 一旦我用诗情参与

——给你

我的音域里
不缺原始的喧嚣
我要过滤本能
清洁人生的跑道
哭要羞羞地哭
笑要微微地笑
虽说你的传递
是雄心欲起的信号
一旦我用诗情参与
顺水回家的路
都有航行抛锚——
你是我的微弱共鸣
合唱一曲彼此的孤单吧
不想合二为一
血液却涌动了高潮

## 推开你不是我心地的拒绝

——给你

我的爱是独立的感光

合作的人多了

就少了动人心伤的锋芒

你本是不该加入的那份

用己身投入的声张

待到潮水们退去

才能显露我孤傲的形象

所以，我得适应繁花锐减

又将叶落萧条当作秋天的欲望

继续致力于寂寞守候

解析孤单同凄凉的较量

推开你不是我心地的拒绝

有了我才是你命运桅杆

一次与波浪抵触的远航

# 相信青春永驻

——岁月遐想

相信青春永驻

岁月的皱褶

就不会一年一度

本是可以用胸怀烫开

医学是不治心灵的技术……

推开早霞的炫耀

夕阳也不是去路

我是四月的杨柳

不等温柔的风情吹拂

冬天来了又能咋样

我养满池春水

就靠这漫天雪舞

萌芽早在感觉里发生了

谁的生命没有青纱帐

近望枫红谷黄——

都当生日宴席上的菜谱

# 欣赏自己创造的和平

——为你们

你们是溢彩的风

吹痛多少血肉的继承

聚集着人气指数

嫣然世道的眼睛

从前方隆起知是碧玉莹身

不解雪拍身后的故事——

素洁情感的严冬

我只不过是归于你们的看客

至于深刻的隶属

不屑悉心才能从容

感谢，芳姿驾驶伟业

呼啸着天下的战争

我必须躲在不欲伤害的阵地

欣赏自己创造的和平……

# 心被心相邀

——写给网上聊天的朋友

我在真实中

与你虚拟

可以抹去愁云

不会拒绝绚丽

其实，这有多好

心被心相邀

梦与梦才是证据

免得触摸成方向

温柔变成荆棘

为了进攻和遮挡——

生活成为阵地

日子都在雨季

# 唯有一处顽强的篝火

——给你

别老用境界说事儿——

崇高的爱情里没我

那是精神的千山

到达得填万壑

谁有那么多体力

倒在中途还不知取舍——

我就在你的灵魂之门守候

直到黄昏晚秋也不萧索

逼着你的高傲破产

临终遗嘱后人

这生暖我身心疲惫——

唯有一处顽强的篝火……

## 最难的是人心的投入

——给你

宁可在你不幸的胸脯
进行一场单纯的痛哭
也不去参观好运额前
多彩花儿拴着的露珠
从未想要长命百岁
只求专一的流淌
不被情感的大堤疏忽
丰收歉产都会盯着年头儿
贫瘠绕水几道纹浅
激烈叠瀑万丈付出
最难的是人心的投入
虽说到底也是波澜江湖
多少人还在岸边悠扬
只认缘分不认攻读

谁也别做谁的导师——

浅薄的反而就是

千篇一律的教科书

# 我只求诚信拒绝烽火台

——给博友

壮志未随年衰
爱心遇挫不改
可就辛勤了键盘忙碌了笔
更得谢过那么多的胸怀
读我一分都动十成意——
缺少激情的年月
谁还在湿地里添柴
再说也烤不化日月
再说也劝不走阴霾
无奈那山花水色任云飘
谁不见正义前方人徘徊
怜悯岂能治大病
惋惜紧随丽影来
还是一半肤浅说深刻吧
我只求诚信拒绝烽火台……

# 无缘远方远

——情海远行

心狭说秋易苍颜

我倍凄凉写家园

灯映缺席人

屏照困惑天……

曙光领我又一日

忽然十月五花山

霜白报雪来

叶红七天鲜

只求登高有恋影

谁计风凉云载寒

宇宙人生

情定悲欢

着意大地塞北

不弃水域江南

有情天涯近

无缘远方远

小调晨光

风情唱晚

目的天天接你我

雄风诗情笔为帆

# 万涛奔泻不关水的从容

——给你

你说我是哲人的激情

我知道是诗人的普通

过滤了几句乡间的话

只不过我的前进

被人认为是波澜航行

拍打过贪生好梦

扰乱过几许安宁

那是警句的力量

万涛奔泻都不关水的从容

跟着我的心走吧

这里不让荒芜入境

再肮脏的圈套

我都转让给卑鄙当了囚绳

这样成熟的男人你不背靠

忠诚的肝胆里

到哪儿去找血红

# 我只用了一处孤独

——世说新解

为什么高产情诗——

我在覆盖所有的失恋

在无数家庭的岗位

填写就业的答卷

本来都是有工作的人

是谁夺走了我们的体面

出门儿成了长嘘的路

归途又总伴着短叹

进进出出的形影

都是船对港湾的怀念

钱钟书先生的心语

给了人间多少罗乱

围城需要打破

热爱不能疲倦……

我只用了一处孤独

就应了万变

# 我和他们都在努力

——给你

等你的选择

并非让你施舍

只求你来奖赏拼搏

没有你爱我虽不能清晰

失去我爱我却要退到混浊

我要你是我的动力

要不要我并不是原则

更不用重在参与

来讽刺这场参加

我知道连你自己

也不知道谁是获胜者

我和他们都在努力

最后把谁累倒

女性的天性

就会认可谁的毅力——

把我领到，别人也在占领的生活……

# 天承日月地载心

——时光遐想

上帝分工传福音

天承日月地载心

神灵的活儿被人抢

风雨阴晴有乾坤

还有地狱待谁去

派出小鬼吓唬人

民俗情爱是窗上的纸

剪出的感情都是门

善良的心态能共勉

犹如馨香动芳唇

上天入地都无所谓

只要中间有温馨……

# 诗歌真有这么大的力量

——给你

诗歌真有这么大的力量
让多少魅力悬挂边疆
曾疑塞上风雪
是在自己浩荡
你和你们来了
我才自信好诗
不都出自盛唐
只是好色的人用芳菲取舍
我就再送一副男人情肠
这年头收礼也很累人——
走时的姿态没有来时大方
是不是我们合作得有些腼腆——
为什么明星皓月总临窗……

# 鼠标天意

——网络漫语

是你阅读了我的盎然——

不是很多人都看到怒放

是你观察了我的晴朗——

不是很多人都顶着月亮

激动的鼠标背着天意

茫茫人海我们相望……

也许，此时你不曾夜宵

欢迎你到我温饱的家乡

于这灵魂的夏季

我这儿的星斗都闪着夜露

不敢说美过你那儿的华灯高上

谁不迷信缘分

即使正唱豪情阳关

羊肠小道的感动

也能一道高亢

虽说不是同船在渡

潇洒举着烈酒

也请你来心潮激荡

# 随着我的感动在感动

我用灵魂诉说

让你每日纵情

有时为心芳独白

有时与缤纷同庆

挥之不去思想的炎凉

晶莹严寒也火热生命

是谁给我情的祈盼

把深沉和直率

都作早霞分送

你若不用青春回答

我就要索回这场馈赠

如果他们带着丰收睡了

醒着的你，应该是

随着我的感动在感动……

## 谁人不在相互参观中长大

你的欢喜是我的佳期
我是一座可以小看的矿山——
但进来还不容易出去
不是山谷幽香
长着烦人的艳丽
都是伏案的夜
为你明媚晨曲
这里有蛙鸣童心的单纯
这里有蝶绕花蕊的精细
谁人不在相互参观中长大
走在我的乡间小路
你才知道出发
不一定都有目的

## 企盼你的眼睛

他需要你的时候

你是否需要我

即是一颗高尚心灵

也不防止低级猜测

我们又不是国家领导

哪能不为小事羞涩

夜半的门已经为你留好

大方起来的思想

可以从这儿穿过

卧室设有不明的灯

企盼你的眼睛

不敢用哭出的水

来填欲望的沟壑……

# 爱情的项目靠合作

——给你

这段时间
你不会梦见我
我与相思告假
走前还把企盼上锁
残雨可能隔了虹霓
清霜也许覆盖了篝火
不要说我做得太绝
归来时如果携雪带风
我会夜拍窗棂与你信号
用一头白发向你惊愕
也好形象说明
爱情的项目靠合作——
两人艰难是道路
独身攀登叫求索

# 爱情里面的故事

——说给谁听

世间感动的理由太多
欲哭无泪的时候
才进了情感的漩涡
眼里的水也归它去了
就只剩下表情
去凝视生活
你就是我这样的表达
走了湿润方显成熟
心田旱了才要清澈
索性，就在岸边欣赏
爱情里面的故事
一直坐到暝色我心
共向清明的传说……

# 别用青春打击我

——网络情谈

得用多少不幸

惯成一笔天才

常于秋风唱凄凄

又把星月当皑皑

来不及谦虚

来不及爱

身在红尘心恋绿

不是沧桑也沧海

别用青春打击我

我已淡薄日月叠长

芳菲年华徘徊

也许今晚领走你的心

那只是一盘字母的拥戴——

调遣万世绝颜

也满足不了

我一世情怀

# 重临久违的去处

——再见网友

如果，真情沦为不幸
肯定是你的人生有幸
不在撕心裂胆中感受
绝没有这份佳境
参观了“撒泼”
方晓你是柔情
不看到朝三暮四
不知我是唯一的坚定
心态苍凉是经过淬火
回复你不屑的麻木
累坏多少感动
重临久违的去处
深秋中没有落叶的节令

# 才到风光里居住

——诗人心得

我很狭隘

宽阔才是出路

试图用诗拓展

交通部门劝我

前进不用艺术

早都市场经济了

诗心要回归陵墓……

我就顽强挣扎

辛勤团结天赋

绕开大道几许行程

陆路不通走水路

忽然看到陶渊明

正于岸边凝神远悟——

我也是由于官场失意

才到风光里居住……

# 窗前有位女孩

——心随情境

窗前有位女孩
身披叶落临摹
我想也是她的幸运
碰上了永不绝版的我
几多雪片拥着寒气
用她通红的手
把我的心事定格
我知道她在描绘江畔小区
我也不想那样幽默
只是在说一种心境
你画客体的时候
必然会把主体牵扯
心情是我们共同的天
其次才能决定部分的取舍

# 等我的灵魂成功之后

是奔涌于浪的战友
是沉静于夜的难友
我就是用我的诗
把你也写成枪口
对准我的心脏
尽情地发射吧
为了彼此宣泄
停止都是弹药困守
哪个思想者不被爱情折磨
那他的哲学就停止了不朽
谢谢你的历练
等我的灵魂成功之后
也一定到你的坟地走走

# 给我的最后一次憧憬

——给你

给你，我怎能不动用第一人称
虽然我采集的是普天法则
喜怒哀乐系着人类的共鸣
没有你的诗歌不能独特——
你是我灵魂深处的新颖
漫不经心污辱过我
冷月清风折磨过我
朦胧晨旭欺骗过我
接连撕下昨天
何时能日历成心情
天生你身是对我的惩罚
与你心共入生活
又是上帝回心转意的万转飘零
给我的最后一次憧憬

# 荒芜来了谁还抵挡

文学已经没有力量
我也就不为难芬芳
到春天里摘朵花吧
失去只需季节补偿
曾携完美追踪
至今就剩下顽强
以诗人的方式出席
场合里早没有空位
说是研究魂灵的人
有时也经营一点儿思想
也许还有人认同——
红颜都跑到了时代前面
荒芜来了谁还抵挡

# 九九重阳我没有登高

——读书散记

九九重阳我没有登高
望远境地乃胸中波涛
边塞的金秋天已经低了
不扬豪情也会大雪飘飘
墙那儿的书架讽刺着单薄——
窗外红叶得靠体内燃烧
虽说爱情基本与装帧无关
装修才能赢来容貌多娇
我还是沿着旧时的路再往前走
这块儿陌生名车同行人狂飙
能让心灵依守最初的宗教
节省枪中子弹法里律条
倒是刚刚付过编辑的欠债
变声期过多年还有童音回绕

站在山上我没以为我就是峰

那次忧郁你没挨近云霄

往日的汗水已灌出葱绿

是因缺乏背景可以妖娆

趁长假补了一点短课

像找营养那样难为富豪

我不贫穷才能向资产炫耀

躺着的阅读更是伏案寥寥……

# 出走的灵魂不归骨

——岁月记事

青春结束那天
成熟让开一条小路
于是，我就趁夜脱下中山装
负载少虑大风阻
虽说桃花岛上没桃花
多姿也可雪作舞
有远方的缘分当坚持
缺少晶莹冰在补
阅过那野草随香换四季
我还是忠诚航向心为橹……
又到秋风起凉时
微霜八月即十五
回首岁月几千天
轻盈倒使命受苦

假若，还是有因无果任空旷

我就当身于西暝倚飘渺——

出走的灵魂不归骨

## 设想我在那路上的景色茫茫

——为你写在北国之秋

秋风过后该是秋霜
不久冬季便开始漫长
这里的男人身体注满了天赋——
适应了喜新厌旧的所有激昂
习惯了好景不再的各种哀伤
挥一挥手他没带走一片云彩
挺一挺头我却可以拥有北方
不要说五花山挨着落叶萧条
紧紧跟着的就是腊月时光
策划一生的不过是一片纸张
设想我在那路上的景象茫茫
雪被朔风吼成倾情献媚的队伍
云绕孤坟能把相思领到边疆
说过了不要和我的才华较量

北过边塞天地都滋生疯狂

目前他们的大事就是对寒冷谦虚

我最小的能力都使下一个节气飞翔

水凉霞淡会让人逐渐退掉夏日——

一部诗集又为你备下四季服装……

# 还是我浪漫的阵营胜利了

——给你

多情田野里的庄稼熟了
湿地上又来了闲云野鹤
阡陌交织别人的来路
熟悉不了我走过的坎坷
有如葵花在阴雨中
依然坚持从前的方向
你也别老用天堂寓远
支开原本可以的合作……
我是不屑缰绳的光
生来就为喷火洒热
固执地爱着自己的意志
专与冷血寒噤作对
慰问形单影只的过客
既然生活说明了我是诗人

命运分配的那些孤独

就再不用别人担着

就是不包括你对语言的不睬——

还是我浪漫的阵营胜利了

道道虹霓弯成了轮廓

你的身体自然其中

还劳时光因芳锁颜

把心带到我的部落……

# 铁骨柔肠会让日月溢香

——给你

没到深秋

我不悲伤

丰收是我年年的背景

谁保撒下的都能颗粒归仓

于夏季里我就看到了夭折

补种的田垄期待铲蹚

纯粹的庄稼人已经很少了

所以他们不怕晚雨凝霜……

只有我不用节气耕耘

天天揣着明天的腹稿赶路

没有拒绝对以往的牺牲

放弃一点儿原来的主张

脚下依如乡村里

眸前总是青纱帐

金风惬意我的跋涉——

信仰不是休息的地方

笔力拨开云翳

体力担起朝阳

亲爱的芳泽芳菲芳芳魂

一语天机可破了平常

早时那朦胧情爱的小青年

具体到爱情才知大爱无疆

身到何方都不是站啊——

铁骨柔肠会让日月溢香……

# 我要爱你

——给你

我要爱你
不是来自允许
珍藏得太久会沦为古籍
主动的想象才是我的权力
这是对方无法阻止的蓝图
因为大多都在睡枕上设计
就说我为你亲手制造的炊烟
哪一缕没放牧成生活的晨曲
就说我托人给你捎去的种子
是不没有浪费你一寸土地
生活大多是按照逻辑进行
挡它，十有八成都侵害了道理
虽说实践的路上不用意志如钢
向阳的窗棂也紧接着风雨

我说以后你就别管这事了

又没使用你家灶膛一点柴米

如果你是我的读者

开启的心扉以后就不要封闭

如果我是你的小说

什么样的结尾都会再有后续

我不想说你现在心旌未摇——

青春还在途中走动

投降就别换衰老的旗

# 在爱的田野里理想秋色

凉爽了一夏的哈尔滨，立秋却是“桑拿天”，博友们躲闪不及……

——题记

北方初秋反倒赤日送热

连流淌都拒绝波生浪过

侵窗的天光洒不下华露

玉臂纤指也无力屏前谢客

男人的前方是草原的辽阔

不因缺风起伏便不牧歌

丽质是为汗水卸妆去了

我的雄心决不能歇着

躺地看天能为淡云抒雨

幽襟雅袖收容几多赤裸

凭借机械冷在空港之中的情呀

身心不适不是你们的过错

我在连贯起来日夜想你

季节分明包括这混淆假设

有如人间四月举起春天

在爱的田野里理想秋色

无情的空旷淹没我爱

认领风雪谁不爱我气魄……

# 如果，有了这场照耀

——写给缘分

意外的风

叠出合理的涟漪

在这官身不羁的笔锋下

我正借你丽质掩饰的忧郁

把多年苦涩狭窄的波纹

送至甜润空旷的大堤

有道欲望绑架真情——

呵护也能累坏阴雨

不信桃花运中的红颜返朴

坚定航线里的绿水回渠

是信仰霞光的力量

终于让我找到了

通往冬夜的旌旗……

人和其他动物的区别

在于同床却不同梦

彼此没有关联的呼吸

又会共驱枕上云翳

所以，我把缘分当成

挑着《橘颂》的书童

明着“月光”※的霜地

也就是说，不恨前身非我有

只谢后生天诺许

如果，有了这场照耀

我的通俗与深刻

从此，就全都由你……

※ 月光，指“床前明月光，疑是地上霜”。

# 你就是我的祖国

——为祖国和你而诗

在版图之外相思
你就是我的祖国
连同爹妈坟头的小草
都会构成疆域的广阔
尽管那是不语和背影
都有我爱情的雪花飘落
都有我亲情的雨水淋过
我爱祖国的千千万万
可没有具体的细腻指向
就会爱成荒凉的空旷
成为缺少高大的巍峨
正如没有你的偶数单一
我了解了天下也不算渊博
如同青春时节的痴情亲吻

虽说漫山飞扬都在浩荡

我只相识杜鹃啼出的血热

所以我把拒绝译成吸引

所以我把丢弃说成不舍

上方还会花团锦簇

前面必然追求很多

一旦离了血脉和认可

纵然海近云天的路

看着向上其实也是漂泊……

## 我是一个庄稼人

——秋夜释梦

伏枕寻视初秋
冥地已现成熟
谷子弯腰
葵花俯首
有价值的都这么深沉
睡在浮浅的脉搏
咋还敢张扬血流
看高粱辉煌民俗
听大豆摇醒乡愁
照耀我那些故人
借七夕的路探望朋友
当然，惠人金风落不下
两眶对含的溪水
念想中飘起共同的船

境界里会舞岸边杨柳

我是一个庄稼人

播种了就盼富有

景象萧萧心难受

研究生物的才用单一

说明复数和配偶

耕耘过的相思

是起伏的烈酒

心于坟地我也不会

负了聊斋的刀镰

身在人间就随五花山

敞开丰饶的窗口

AIZAIDONGSHI 第四章

# 爱在冬时

鬓发添白禅林雪
肝胆滤红佛院风

# 君依仙才网靠友

——博后的生活

买不到的东西很多
也包括优秀的诗歌
金钱能换点击数量
却找不回诚心一颗
是在凝霜远艳向花时
我胸怀丽质乘天车
君依仙才网靠友
虚杯拟酒设茶桌
晓招清寒雪
晚聘童话说
还笑那取暖抽条物业人
又把室温当吃喝
害出呵镜甩笔新动作
那也不弱风情不误我
心涌宋代唐朝波……

# 我为美丽而诗

——说说而已

我感谢成熟

逝去了我的青春

才能把你领到深邃

让我们一起光阴

你是旌旗更得摇摆

而今我沉思的目光

坚定了几许浮艳的心

我为美丽而诗

燃烧不动的时候

再找一处身体

熄灭我的自尊

就这样地笔触生活吧——

最远的早晨

就是最近的黄昏

# 暮色中我不知哪是红颜

——感悟时光

又是雪舞岁尾
深冰代我晶莹新年
圣诞的风提前预热空位——
暮色中我不知哪是红颜
知己的故事越来越少了
孤独和寂寞都分开鲜艳
也趁十二月北国无帆靠岸
再没人与我争夺波澜
也趁边塞忙着用冷祭天
腾出点儿工夫将心房修缮
最高的境界只不过如此了
要不怎么有那么多智者
把方向许给了庙宇寺院
我不为爱情收起桅杆

等待命运的金玉良缘

甚至都不想身体投奔何方——

何方有能力拒绝一缕云烟……

# 我的警句来自埋没

——给你

这是拒绝含蓄的年代

赤裸成了人们的外在

所以诗就不会景气

连哲学都成了买卖

我已宽容过背叛

如今再没有能力

为良心策划未来

外边的风紧成了

一阵一阵的呼啸

谁有工夫看你心灵的空白

我的警句来自埋没

吮笔铺情向芳颜——

心如江河跑冰排

# 我是你跳台下的读者

——博友情谈

五月天祸我

八月天励我

不知不觉我就勾引岁月

来到了年末

看着我的血气与柔情

放弃对你芳颜的猜测

只用沉重的相思

来丈量多年的沉默

我已惯于夜埋身体

用明天扫荡焦灼

笔耕在忠实青翠

勤奋得回避蓬勃

于是，倒放着波澜不惊——

我是你跳台下的读者

什么样的异彩夺目

才能变了我的生活……

# 我只依笔力航行

——季节遐想

其实，你不必认真

我这喷涌水源

不靠冬天的低温

谁也制止不了波澜

眼下有一条澎湃的江

开窗就能放进

顺风走来的帆

我要逆向思维

你在我的上方漂流

我只依笔力航行

你才能深情港湾

春风来了劲松也得落叶

再要强的命也不可能

什么季节都气象万千

# 会有遗书告红颜

——给你

文字的精辟

是由于勤俭

搬动所有的组合

也救不了当代的语言

方向担负的太多了

江山本不该文人指点

我只不过在你心灵过渡

水花再多也无从收敛

没有稻花香两岸

只见大河波浪宽

如果溺水失去了我

会有遗书告红颜

诗经楚辞高深呆板

唐诗宋词浪漫委婉

要读心被心累倒

不逢“中秋”亦可仰天——

我的冷静正高悬

# 迎霜接雪任笔寒

——我心四季

中秋后只牧悲风
是万古规律为颜
虽说情能衬月
心镶繁星满天……
何时能放四季歌
惬意不随冷暖迁
胸窄才理云天的事儿
浩荡风吹年复年
人随天地才是人
凄凉本来共血缘
黑色里我披霞你见不到
退夜饮露光为泉
并肩也可路远
独身更觉床宽

广博不知谁亲爱

芳魂死在雄魂前

这就是一介文人的命和运

迎霜接雪任笔寒

# 梅花饮雪也是春

——入冬随想

方便了屋中设想

让外景劳累许久的筋骨

受命于神也陪陪心

花枝们便不去招展

一求深爱离浮尘

更将远疏为近邻

哲学喜欢这个节气

吸呼留雾足有迹

免把小人当伟人

利弊随请客观来

草躲高寒鬼寻阴

我也凝屏远思说正好

芳魂艳骨趁此身

不把天容视尊容

哪来朔风誉胸襟

入冬即想万紫千红日

岂不知，梅花饮雪也是春……

# 爱情需要简洁

——我解爱情

爱情需要简洁
仿佛一枚剪纸窗贴
像携手山巅俯视
没有表现的都是原野
空旷不容阴沟
变化不应凛冽……
爱情是幅年画
复杂的即为拙劣
几笔就勾勒了露华仙气
总为想象留着境界
挫折再大也不枯枝沧桑
最多就是顶起腊月飞雪
即使先后让我走在了前面
农家小屋勤奋过的才华

也绝不是谁人可借

以后储存的万载孤单

是剪刀为她耸立出的拒绝

人世间若无这情的纯粹

地下定然骨与魂的分解

水碧霞红亦为时间装饰

人哭鬼唱全于自然交接

春光飘荡只不过是花开遍地

幽谷深沉也就展了几对蝴蝶

牛欲别岁地温在

虎至家门啸风缺

无穷欢歌都用眸中虚无

满腔情思竟然一轮孤月

那情那景都是墙上的从容

心灵回春是我现在的急切……

# 在元月里失恋

——给你

用十年的精力

与持久韧力

直到今年的雪

扑到心田梨树

方晓合作的事儿

是天纵的破产

且只用了简洁数据

如果，那日不在雨巷

那伞下的那朵花

就只开在塘里

如果，那夜没有闪电

谁知解开你胸

不是我的双臂

如果，不是冰雪

通知情感换季

两枕艾叶放香

依然对流在五月节气

那伞，还得飘着粉红

何必各自孤行远意

那闪，也不会管人闲事儿

表达照耀的锋利

二〇一〇的风

在元月里失恋

呜咽的不是自己——

我们和上苍

没有搞好关系……

# 梳理着岁月河流

——封江有感

几日前的冰凌

已对今天的覆水

表达了缘由

虽然伤痛岸边情调

也阻止不少锅中成熟

生活皆因量变成灾

和平亦少剑出封喉

鸟解虚花汹涌

在巢避雪辨路

鱼知厄运暂停

休眠能躲深钩

靓女为日子掩了身段

正利用其他生命野蛮

我也让一窟作舟

梳理着岁月河流

博友夸他的诗

能得诺贝尔奖

我不得不说

我的朴素和冷静

是在那奖项的上头……

# 天冷也冻不坏方向

——给你

天地如此古老

这青春的雪花

才来召唤心灵

当人们终于盼来了

今年的这场浩荡

我却怪怨昨夜北风

埋没了你往日的出行……

起来吧，起来吧

跟我到旷野抒情

就一切都属于清晨

从前总是生长童话

现在你要将成熟宽容

天冷也冻不坏方向——

再走两步又到春天的丘陵

# 也防止突然就住入炎凉

——给她

爱你就要爱出苍茫

重逢就定在大雪飞扬

天堂也用自己挡着自己

我们有工夫把人间品尝

夏天里烈日惊雷

空调唤不来风雨激昂

正是感受冷热不均的机会

也防止突然就住入炎凉

所以，我把千里绵延放在了城外

尽管同行的心还乘着巍巍林莽

草原的茂盛谢过天露充沛

携红尘阅览只晓下个季节的枯黄

喧嚣请我继续笔译生活

一点儿信息无力抢救市井诗行

这一阵子你那儿门前还好吧

日全食抑没抑止我送你的吉祥

什么五百年一次奇观——

我这儿就看到了

伞遮人头淹没的晴朗

谁管苍天那些事儿

没有地震也得储藏

好歹都没离开沧桑

浪花谢后就为你换防……

# 浪花谢后雪花开

——写给博友久歌

不是玉手搭键
才能屏幕惬意
几十年的读者作者
又心随雄风相聚
情激血荡都靠爱的方向
回报就得化作勤奋的旌旗
谁说时代与诗已经脱节分离
谁说文学与人正在确定关系
浪花谢后雪花开——
是你和博友的双眸
镀亮了我友谊的四季
深切关注恋情的封闭
找它我要绕过秋天的忧郁
独身提笔有待夜静

穿越黑色才会锦绣动力

所以，痛苦可以让人光芒

万丈吗，则是共同飘扬的富裕

天下的启迪来源互相的给予

我这儿朔风深冰草枯时——

你不会只身使用山青水碧

不说欢迎“找北”以示气爽

骄阳原本热不过沪上警句……

# 冬临家乡

——写给关心我的人

又到水波乏力的时候
暮色携雨季节降霜
我从生动的椰林中归来
恰逢家乡的纹皱借露求芳
自信没有顺势泛艳
缤纷的飘落是淡定文章
仰天寻觅去年的雁迹——
谁不遵循寒来暑往
唯有我命中的巢穴
是衔泥到老的地方
真的没有激情感受新居了吗
为什么总把留恋当作故乡——
那是痴情不改的魂魄
身披蓑衣咽风吼

独钓大雪饮寒江
那是血红不减的灵秀
神性腰姿冰封上
万载不卸的女儿妆……

# 冬天来了

——情献博友

我是苍天的情感见证

动摇了汶川青川

是否还有力量

推出今年的雪

气象主持也用亮丽瞎话

说近来形势恶劣……

身着十月的温和

抒情这期的书写

在语境中诚实节气

不是人生的天机云锦吗

我的小丫小妹

我的大家大姐

虚幻已让我们匿名多时

啥时你能公开身份到我心调解

毕竟冻云得有弥漫

冬天不能不来粗野

是你们在异地如花

让我的勇气重返春风故里

浩荡凌空，把它当作心地落蝶

云驰天下，更喜印足时节……

# 冬天它还真的来了

——我与季节交谈

我以为说着玩呢

冬天它还真的来了

先用低沉放牧

洁白漫天与我肃舞

而后又用怒吼

黄了一地无辜

路上紧了肩并的肩

心还绿着夏天的叮嘱

逢时雪塑冰封送玉

天和地都要归属——

寒冷掩埋不了方向

冬夜再长有情做主

皑皑的景象让我拒绝贿赂

不被引诱就到不了冥府

# 隆冬必有隆重的情

——立冬之日给博友

翻动那片记忆

你是我叠起的风景

虽说眼下有了凛冽

还能把我们送回陌生……

想雷声入江暖流来

咱网中挥桨竞芳名

我顺水推舟到你家

小院里草碧花又红

文学市弱屏势强

好酒万条相思垄

到如今，霜覆水凝走三季

最后这节是收成

谁说云厚天寒航线窄

心海反倒浪千重

亲爱的博友可敬的魂

不随候鸟绕林行

让我们的浅识深相处

隆冬必有隆重的情

# 情趣生活有新潮

——临冬随想

江畔晨练的脚步
在“暖气”到达中稀少
那女人领着的小狗
竟然还穿上了棉袄……
不同天意说广寒
我随冬到人间
一场万里妖娆
又想碧水凝结重相聚
晶莹更镀柳千条
无须拍粉腮自红呀
雪花开放温芳草
江南女儿来北国
一任冬风都是桥
心冷造不出十二月

情热才能领风骚

这样，译出边疆第四季

就会情趣生活有新潮……

# 透析人生从此不必仰天

——感悟生活

我不简单复制人间情感
只因笔驾魂灵上了云端
小心张扬毁了谨慎的路
透析人生从此不必仰天
不屑财富愉悦汗水之外
鄙视肉体用势快慰新欢
淡笑短途咫尺的你恩我怨
深叹非常道上的大好河山……
我是潮声远处的轻风一缕
拥舟推浪不迫肩头责任傍晚
我是柔草上面的晓露一片
近霞疏星让眼睛与早晨有关
黑天前走出迷惑该消失鬼事

正月里向着春光就摆脱严寒

只要不在半夜里诅咒次日——

平静血平静心哪天不平静循环……

# 总为不幸身担

——给你

总为幸福心愿

总为不幸身担

苦思风暖人家小河

又把冥想放在彼岸

诗人的波澜很廉价呀

竟然没有回避的船

不会再把火热揣我胸膛了

你要用心烘干霉雨的天

不会再把苍白无辜送你了

我要垂条顺成挡冷的帆

既然两心共渡不成艰难

只好一笔独旅气象万千

# 穷人不怕银行降息

——给她

不乘华尔街的风暴
去关心你的富有
平常才是我的根据地——
穷人不怕银行降息
财产巨大还不晓来路
严重的是你没工夫照顾
我晚上的出击
所以，我才能知道
昨天为什么动了省略……
今天怎么用键叹息
配合心情互相勘探吧
天下财富的排行榜上
永远挂不上诗人的荣誉
贫在心灵的时候
才能影响到你我的储蓄

# 我们要做一场交易

——博友情谈

没有向导标新
只好在季节中立异
秋天中不就说好了吗
我在今年的雪后等你
顺着链接的路线
我们要做一场交易
只要我的抒情
达到了极致
你就开放心头的花圃
来为我造蜜
如今，我如约践行
听婉转的音乐
诚实在雪压的枝头——
你可别因为严冬的冷峻
选择了放弃

# 我旁若无人的从容

## ——为你专心致志

你用素描写意
我用诗行达情
灵感的世界里
再分一分工
就谁也不妨碍谁的航行
消灭暮年景象
劝退青春骄横
快活案前的今日
派遣朴素远征
以革命的名义回忆过去
以爱情的名义为健康命名
如果，我确在这美妙中愉悦
天哪，所有的妒意
不都来索要
我旁若无人的从容……

# 我会在死亡中消失

——给你

我知道我的最后待遇
可在那样的礼节中
隆重不到我的讣告
离开你我会在死亡中消失——
也许是人流鼎沸
我在历史中看着喧嚣
也许是幽幽的山林
我在现实中回避日照
如果有一处风景
在你面前尽显多娇
如果有一位青年
用几笔精辟闪耀
一定是我的风情继续——
灵魂永远何必追悼

# 未来的灵魂回来了

——给博友

新坟旧鬼我都悟到
今年的清明就有了格调——
这是最有方向的地方
成熟引来的一种预兆
能让几段悲欢枯荣心田
眼下的情节不需明天编造
丰收悲歌可不是好的作曲
凛冽的辞锋还披着阳光微笑
我们到哪里去寻找爱情
不靠年芳不靠物丰不靠热闹
在语言的惊叹中与你约会
咋就不信时代总会拒绝
市场不屑的需要
我向人心喊一声——
未来的灵魂回来了……

# 我在熟练五笔字型

——朋友啊，朋友

没有人专门写诗
也生疏了业余创作
网络写手还与年华不符
我只不过为你回一回车
如果误会了哪只芳燕
你就当茂盛中有一座荒阁
千万千万别敛翅斜雨
谁不知意境本是虚设
如果较真儿了那片雄风
波澜了你的平静生活
全当水下异类想甲板取热
人家李白的诗才以酒喷薄
我在熟练五笔字型
学习向教科文组织申遗

还会以少了英文对照遭拒——

退回的汉字只能将就诗歌

# 我们就把日子分开吧

——也说婚姻现象

不幸是不幸人的吉祥
痛苦是痛苦者的平安
面子宽呀还是灵魂大呀——
我正携风披雨向岁月道歉
痴爱是近心还当天远
真情得一日读你千遍
如果夏季来了还嫌天长
冬月走了又恐夜短
我们就把日子分开吧
独绽是各自的鲜艳
满世界都说形影不离
小宅却装不尽无言哀叹
还凭什么纸张允许
裁判的权力正究因问果——
虚伪是不是把真实侵占

# 爱还在天天的远方

——博友红颜共絮语

近点距离看我
是你一直的愿望
还我一身轻松
全靠这柔情馨香
诗到境界不择言
没有翠色也芬芳
几句信笺式的话语
都不劳标点组装
带着血的情感
尽染虚设的灵堂
权当临终的遗产
推动继承起航
诗中锁定诗外的你
最后的机会是心伤

博友红颜共絮语

网里情中同悲怆

不要天天说爱

爱还在天天的远方……

## 从此，你的心情就全归我

谁说没有聘礼
浓缩了北国风光
我把《沁园春》都给了你……
惯于周六重笔轻书
绘出形容的镜子——
想要美丽就到我屏索取
我放漫天的旗帜
肯定会拂动你的沉默
夺情的人再纷纭于世
只要玉指搭键一击
从此，你的心情就会归我
跟着缘分和煦——
冬天正是明眸悦己的日期

# 鬼在儿时我想仙

——周末郊区宿事

热炕温血养好梦
起身却丢了北方的天
不是凛冽能料到呀
那铺天浩荡走人间
重入青春时节的缤纷
仿佛几十载虚掩芳年
更想屏上夜语客
关机挡住边疆寒
看家雀盲雪横垄里
伯弟的孤坟早封泉
是往事让悲情泪点冰
用枯萎荆棘当花残
多少思念可以扯心老

只晓得鬼在儿时我想仙

于是，就信步阴阳苍茫里——

多大的冷暖都得靠情担……

# 获取你心灵的方式

——给你

一辆车子一栋房
未婚可以先叫爹
没有孩子也喊娘
物质改变了世道
欲望创造了疯狂
既然生命的价值
可以多方取向
我就不用传统重复自己——
在货币里掏出纸张
普希金已于我前决斗
晓得我们的国家
不允许饮弹非常
获取你心灵的方式
我就要付出另外一种勇敢——
锋利出天下都能称刃的诗行

# 就是放下沉重和不幸

——随你去想

让我先把欲望安顿
免得它说跟我就认识两季
总在冷热中煎熬
让我先把警惕蒙蔽
要不它全身长着眼睛
幻觉春风桃花秋霜海棠
又把无奈当成逍遥……
就是放下沉重和不幸
准备一场目的不清的出逃
微机屏幕是我向阳的山庄
正于那里霞浴芳身的你呀
那情思的甘甜泪的缠绵
都能亮成去向的跑道
我得精细成万无一失
才能为你时刻准备着……

## 绝产之后的收成

——博友论谈

别了泥泞到了冰封
不等于红叶盼来了银色收成
网络的时代
失业了多少邮递
我好像一下就走进了
铺天盖地的呼声
我在来路上寻找你的住址
看孤身是不是你的行踪
判断端倪的不只你我
携带心情细节
决定成败的笔锋
只要感动你就动身依赖——
我肯定就能保你
绝产之后无严冬

# 你不读诗可以读我

——给她

几笔警句就能换来
你不曾高贵的支出
几首小诗就能打开
你不曾大方的羞涩——
我没有啊我没有
从来不会这样想过
景气的年代都没用它
追逐粉红的身影
在这夜色朦胧的时候
只有猫头鹰才敢盯着
你居住的那片村落
两个时代我都放了
应该缴获的情感

你不读诗可以读我

何必等到生活的大堤

所有的水都因年龄萎缩……

# 那是我心的血

——季节文谈

季节是我的资源
没有心情诗就难产
本是流淌的热
连高粱和早霞
都说它是火焰
那是我灵魂的血
不久就会燎原
让万愁不解的严霜
也不敢喊叫冬天
只是请来瑞雪
素洁必至的旌幡
撒落的程序就不要了
一个文人能花几个钱
春风没有对不起我

鬼泪情结中也不带辛酸

和早去的先哲问一声好

我只知道卫星发射的地方

人们才叫酒泉……

# 这不是宽慰

——给你

在哭泣之前

我先不能流泪

呵护你多欲的情感

我已没有资源浪费

你总以为自己聪颖过人

甄别穷富都不准确

更大的事儿就很难说对

如今的穷人

是其实的富有

不信，你看那些家产连城的老板

哪个不说遭罪

勉强地跟着我的灵魂走吧

幸福相逢来临

你就知道这不是宽慰……

# 最凉的是人为的风雨

——世俗解析

怀疑天堂

已不需多少拼搏

到爱情里安家

还是特别的艰巨

本是这点距离

就仿佛千山万水

冰雪多时我不知道冷酷

最凉的是人为的风雨

深仇不是来自制度

大恨也淡薄阶级

我们没有颠覆什么

是已经的美丽

遭到了算计

# 纵有红芳千百顷

——不解真情

向往的不都是激情

纵身一跳就成了坟茔

有人也愿在水中迷失

结束都不劳短剑长绳

其实，只是小小一道门坎

饥寒交迫还真掠不去姓名

他们走得非常唯物

知道那个世界

没办法雨后霓虹

只求魂与蓝天共白云

一炉油火万烟从……

能否绕爱躲意为麻木

不留泪花浸笑容

天堂地狱的目的地

处处回响绝情声

纵有红芳千百顷

错摘半朵也不行

虔诚何计手合揖

心中有佛不求僧

问过古往炼丹术

恩重怎能命常青

我想，苍穹也难这一点

你看众雪争飞的寒冬夜

谁还能认出那北斗星……

## 真实里我愿包养悲哀……

——我说爱情

人一上年龄

就专情侍爱

要是比照从前

也真丢了不少豪迈

到文学里粉红什么

生活中都不屑苍白

至于古说窈窕淑女

早用婀娜寻找身材

如今，三五成群流成客

绕开千姿讨百态

只辨心灵善善恶恶

放弃身外好好坏坏

我是天道之上的践行者

有仙骨佛心善良在

愿同旧时丽人

疏导当年羞涩

更顾眼下行市

不让虚无纵怀

理想中计较兴致分寸

真实里我愿包养悲哀……

## 在自然法则面前

——治病有感

几十年都为青春着担
怎么突然来了“老年肩”
CT 又说颈椎中枢受压
疼得我日日夜夜谨慎——
上高可别乘人家的云烟
从小就看“三国”
小针刀为我刮骨
可我并不姓关
我血脉里的诗歌
正用灵魂清雪洁路
现实中的西南大道
也为健康鸣屈喊冤
此刻，我看到全人类
都点着原始的灯盏

有的渐明有的渐暗

至于相连的所有仪式

有的太近有的太远……

我笑自然法则面前的计较

如同这冬季飘舞的轻浮

势必都经不起一场春天

# 只是放飞的时候有你的意志

——给你

于屏前熟悉身影

知道你不在空间

结束已为爱情送行

命不该有如此新欢

再说没有对付失重的本事

你也读不懂我的超然

早年给你的一切

都同时光消遁——

其实，我也当过宇航员

只是放飞的时候有你的意志

回归却不由你的认真

来校正我的敷衍

# 真正的恩典在远方

——说给自己

每每对我
都是难眠的梦
没有喧嚣心亦烈
不落睡枕就入境
体累身倦哪是路
谁能发放通行证
嫣然就在飘渺里
旌旗不败情自胜
真正的恩典在远方——
近处的代价都用命

# 悉数青春过客的座座家乡

——我看内地来三亚的晚年

老人们都来这儿颐养时光
三亚真的成了晚年的分享
椰风海韵也同类着闲云野草
暮气占领了亘古不变的海洋
他们都把战事抛给了大陆
平静的脚步滤过沙暖情凉
携万象皆空的佛语哲学人生
最后的自由交给了楼市疯狂
我保留着一片早期的心跳
悉数青春过客的座座家乡
无暇海水包围的泉泉清澈
感受纹皱圈起的道道边防
哪来的热带雨林洗去竞争烦恼——
拿起放下才是自己造就的天堂……

## 信仰啊，难道谢你因果改

——近来大自然反常……

上苍出事儿了——

本属天庭的情绪

竟往人间形容

正该花蕾于晨入境

哈尔滨忽然一城玉树

仿佛狂雪重聚冬季冰

而真的玉树却临凄风

扑灭了千盏酥油灯

一步一磕膝沁血呀

天路得求远山的鹰

不需水的总以雨烦心

田野同孩子的嘴唇

裂出了中华矿泉声

也叹独身睡在合欢床

虔诚的反而不双行
信仰啊，难道谢你因果改
芳魂总向孤坟倾
还不如朝拜松林骨亦耸
取悦鹤群为高龄
只要峰峦泻瀑同律动
心灵河畔就草青青……

# 雪原上面刃雪莲

——我读网友诗后……

敢向情海造波澜

未与爱河坦白帆

芳龄仰我虚负的笔

我有知己非红颜

小妹本持读佛的心

还不知北方建禅园

我家就在旁边住

看惯了冰连大江述风寒

正值能工巧匠开巨斧

雪原上面刃雪莲

有意让相册飞雪陪眸亮

倒不如再寄春风用清泉

是文人纸涨浮云水

看苍天送月人难圆

青山晃目它坟还在

小草带霜却火不燃

才高能引弦丰音抚指纤

心高是经纶满腹度荒年……

# 我早把你的心灵当金榜

——给她

名声是啥呀
其实就是胆量
我不具备物质换你的条件
不得不用思想去抢
阅读过万山林莽
还真得准备一处井冈
走过人家用过的贫穷
也必需储下几库刀枪
马放南山树欲静
多少姿色失芬芳
人家用幸福没完地挥霍日月
还能不允我让痛苦笔借星光
沿着田垄走到今天
不缺千岭红叶适节献媚

只觉大雪漫天没有我的飞扬
直到眼下不晓你的模样
皆因缤纷乱了诗人景象
贪婪收敛丽人出
欲望歇时书声朗
我要的谁能不给——
《水浒》也在平原住
十八般武艺都怯场
气度提携睿智升
不用施舍不用赏
小妹呀，抖落红粉向君来吧
我早把你的心灵当金榜……

# 无诗的年代不言诗

——诗谈诗歌

绿树成玉树

有水又晶莹

我楼隔雪天时远

扫描炊烟说重轻

不忘含笑凝眸推窗人

许在梦泽的鸟啼中

卖送的少年已起货

不动的车辆是交通……

我是一只四季燕

身着秋瑟冬日冰

蛙鼓离音鸦声近

心朗不怪换季风

一网情深进意境

总与万灵写倥偬

无诗的年代不言诗
思绪也常到冥府中
才华迟到了千余载
之前和李白是弟兄
不求运气不谢客
敬老院里有童星
漂荡笔衍民间草
筑巢愿选最高峰

# 我是北方的君子兰

——写给文友

我这儿的季节
正为水融冰
你胸襟中的涟漪
已丽帆影重重
这几年银丝看路
才互与青春擦肩
致使在你的搜索里
没一句语汇为我引擎
我是北方的君子兰
不须对流也花容
只不过迟借网络试笔力
顺势颜色五月的风
尽管你一树可以成林
我却疑百鸟是否朝凤

仰你可透寒云三千丈

和这温柔浓荫八万顷

我亦知挣钱容易作文难

诗无功夫人力挺

绝唱留给世纪后

暂拒巍峨峰为岭

所以就不向众屏道谢意

把血红的情思当盆景……

# 总得有一次合成

——给她

冬风吹瘦了背影
骨感的美恐吓我的梦境
我要你丰满带起身材
有力地推开一眠不醒
农民们把土地
都租给了集体
我们的合作
多少也带一点风景
分久了的镜头
总得有一次合成
昨夜的足迹交给了流浪
今天的心伤用不着憧憬
我们要相互从前的属于
雪沃千里谁也不缺寒冷

## 岁月的学问不用找

——情中记事

窗外风云

枕上波涛

胸怀浩荡腊月雪

心储温柔五月蒿

一年仿佛田径赛

转眼季节又接交

不退的红颜不衰的情

信仰了花前雄心坟后草

又是月贯平原仰天时

忽闻儿时同学要追悼

他修行不进女儿墙

咋还在黄泉路上搞赛跑

佛室道观给人看的吗——

阳间不扰阴间扰……

走过一夜是一夜

日子哪天不拂晓

只有明天信得过

其他的事情都拉倒吧

恩怨本是情中有

决不用命做计较

漫天的冥币哪是钱呀

岁月的学问不用找

# 诗的风雨洗出了乡村彩虹

——给他

徒劳无益的诋毁
崭新了我的豪情
谁能否认周瑜的一腹气度
成就了孔明的几扇从容
其实，我的胜利属于远方
只不过你是急于卜卦的先生
三枚铜钱摇在了四角方桌
算出了狭隘连着命运的坟茔
向你道喜就是向我祝贺呀
诗的风雨洗出了乡村彩虹
额外还得感谢费心的咒语
把勤奋的犁铧又深压重重
真的心疼土壤上面的爱之花呀
芳香九天还得去红小人的眼睛

劝君利用忍受取得坚毅吧
断版绝车也不损音像声屏
何不加入众眸互灿魂灵——
苦短人生不是你的终极地
极乐寺里我们有过相逢……

## 生活的警示

——不对谁说

我不随便一声哀叹

免得你露出紫色的血

说有沉重砸痛了双肩

我不随便一声欢笑

防止你再去接音续浪

我不在时也舞姿翩翩

爱你必须注意情绪

不然好坏总有承担

清明到坟鬼要烧纸

亦知阳钱买的阴钱

中秋得月人愿抬头

要晓地静方见天宽

不是秋风送爽心就重阳

鞭炮响了谁都跟着过年……

# 是不是就不会遭遇今天

——爱情遐想

把收获的爱情

都送回早年

我不要事业的成果

红过的枝干

你也恋纯情时节

少女的青酸

幼稚就是笑声

串起我的乡村

通向城市的你

领着通体天香

这厚土的爱

纵欲理想来贪婪

如晓现在的思念是那时

那时不盼成长

是不是就不会遭遇今天

# 生活正在进行中

——圣诞遐想

推开家门撞野风

呼呼的岁月进隆冬

上季不还在金秋时吗——

谁领冷水洗心旌

白日里，双眸热你爱不倦

夜深时，一身赤裸近寒星……

生活用深沉多彩滋润了我

才让这负责的时代无弃婴

我放诗行当天道

几纸潦草幸今生

情真邀来圣诞雪

都为高洁再加精

我愿这吉祥年年有——

朋友啊，生活正在进行中……

# 所有的宣言都背叛了我

——情爱分析

我没用贫穷威胁
双眸向我的红心玉骨
灵感是我生活的出路
足可以继续你的依靠——
堵着尴尬的去处
不用普希金的枪声
决定你身体的前途
无需银行的热情
依靠芳容反哺
当今的美丽很少徘徊
用尽天下才情
也方向不成归属
所有的宣言都背叛了我
只好在那啼情唱爱的枝头下面
当一名你可随时处决的俘虏

# 让想念逼得这样可怜

——岁月记事

想的时候得熬到亮天

我欠痛苦多少人情

连相思都让它承担

多少次意念劝说梦境

该把无奈留在外边

谁知一晚一晚的水路

还是惦记人家的平安

激情呀，快把涟漪还给水渠吧

本是微微盛不起波澜

长夜呀，也把漆黑找回来吧

痴情的不一定拒绝睡眠

这个世界有着无数我样的人

让思念逼得这般可怜

而后我得与辉煌断交

省得夕阳非要讽刺傍晚

以后风拂晨芳我也要走开

因为同时的浪也把归程遥远

日月风华都知怀揣的心呀

把我折磨成倚床的木讷——

谁有能力接住爱的凯旋……

# 如果不是情感充沛的人

所有自杀的目的

都是通过向导寻找的

如果不是情感充沛的人

哪能轻信指引告别生活

有人说上路前梦境缤纷

有人说出发时五光十色

我不相信唯心交织

我就相信唯物交迫

当然是爱的枯萎

才使情这样结果

我劝人人不做外力的人

不能满足索取

尽力推动蓬勃

天下风光是人的情感创造

人入人心可耸人人巍峨……

# 结束的都不关明天

——换位思考

我用灵魂相思

娶你在遗忘河畔

不劳从前安排位置

免得记忆里再有抢占

其实，如果能够做到

淡薄人间恩怨

并不是平凡之举

爱情更应是自我的了断

做一个薄情寡义的人吧

这个请你惦记

那个让你思念

什么样的崭新

还不曲终人散

我承认这是赤裸

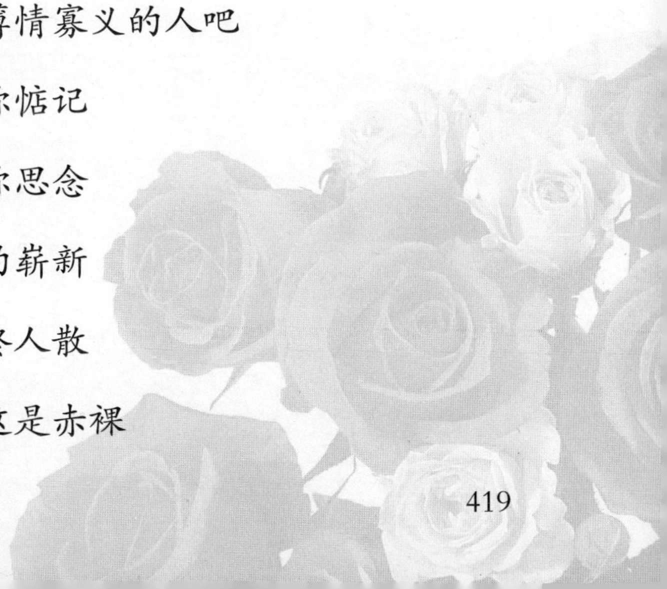

但赤裸几尽生活的一半

铭记也是幸福的障碍

结束的都不关明天……

# 如果你在白发顶夜

——给你

曾有一段心绪

接着走的那咱

于是，迷迷糊糊的晚上

我就开始了盘点

多少拆借在喧嚣的日子

有利息扛着

我不亏任何恩怨

倒是早年村头

装着米汤的饭碗

本钱不多我却欠下了永远

还有不懂爱情的时候

草丛施与的原欲

如果你在白发顶夜

我会嘱女儿为你送去光亮——

别计我的坟头有没有灯盏

# 肉体物质成形式

——网上情谈

盼望你的身影

绰约我的夜色

尽管把心放在从前

作为沧桑的预测

肉体物质成形式

归属也跟着龌龊

我知道这些空虚的美丽

都被掠去服役

自由其实是她们的枷锁

因而我每天拼命

起码要去解救其中的你呀

如果天赐一点儿良知

我都会钟情命运的施舍

# 亲爱的亲爱的你呀

——给她

这个世界没有天才
连我这彻底的沉重
都没让你悲哀
所有的红润皆因物质营养
有千红万紫的情欲
谁还在乎我这一纸苍白
亲爱的亲爱的你呀
是不是血浸彤云
才能泪润芳腮
这是一个缺乏感动的年月
你听说谁为痴情怒沉百宝
倒是几捆印刷品 ※

※　指人民币

就打发了未来

我如何汇聚百感

也交集不了一座胸怀……

# 以诗为幅挂起一道挽联

——为亡灵寄语

分明是心情决定的节气
祖上还定了沟通的日历
不畅的交通都用坟地堵着
清明的雨下着忧郁的情绪
我和安凡、张华※早就说过
今年一定看看原利※※……
探望是躲开凛冽来的
风雪也碍两地的团聚
原谅我迟到多年的脚步——
你房顶尘灰早就疑惑了情谊
昔日的美已在悼念中受到挑战

※　安凡、张华是往日同事
※※　原利是作者的同事

哀幡冥币就成了客套的工艺
所以，我谨此心而来
没用变化回报你曾予的活力
那边一定使用另一种语言
我也请了岁月尽解翻译
以诗为幅挂起一道挽联
（对衬的你已在生前拿去）
想你不怪走时我没有赶来
死不同约谁能卜到谁的行期
眼下还能活着一些旧时的事儿——
天下原本就没有万古的铭记

# 其实，就是为阴域驱我凄寂

——情感寄语

今年“清明”放假了
鬼的队伍就不该那么洁净
还好，多半都是真念的人
加入一年一度的节庆
恩爱都是因为活着的利益
灼伤也不怪情感遗下的疼痛
关于那孝那幡那泪
续演的万变不离的其宗……
啥时能为无关大哭一场
脱俗的灵魂就有了神圣
要为父恩母爱写首诗
想绕弯的话爹妈不懂
我驱逐先后把他们合葬
坟里互絮强我独忍天风

故谢那世常于床前沟通

不但随时就可枕痕轻重

也方便亲情制成恐惧的意境

其实，就是为阴域驱我凄寂

才来人家的日子里写就吟诵

身不立高山、眸不穿冥地——

深入升华是我诗歌的生命……

# 就将这万方留言说业绩

——岁末说博

每年都是凛烈的梨花
凝滞明年的遍地春水
雪色里透着沉重和轻盈
就是我们这方的岁尾
我不计他人扛走多少欢乐
只慰心良没来夜半的恶鬼
这一年，不用得失量收支
笔锋专为境界的美
舞妙歌美雨帘中
风情信誉雪相随
更有那颜红魂芳的回诗人
写出了屏前花开博后的蕊
我抓一把月光走天河
破云惊风真为轨

友人那个没星系

评估纯粹果实累

就将这万方留言说业绩

胸阔才知边陲北……

# 我的爱是一个整体

——给她

盛夏，我在怀念雪

茂盛的也许累了

不准备反衬枯萎

丛林中相逢了旧时情节

背是没有驼

眼角不少重叠

她手拿一根打蔫儿的青枝

分明已经吐过绿色的血

我向她耸起了

不曾耸起的肩

轻轻地叫了声大姐

本是小妹的她

呆滞地望着我：

听说你去了北欧

我说，庆幸我们有过黑夜……
寂静用缜密复杂着邂逅
直接的前方却有墓的简洁
谁不内疚那一场青春
把美丽分成开花落叶
早年勇敢担当失恋
就当接收了全部拒绝
朝霞时不知喷薄的力度
落日前为什么又来作别——
我的爱是一个整体
自然包括后来的枯竭
申请照料你翠色的初始
也计划了双足无力继续
拍打的这片上秋的原野

# 闲置风情还犹豫

——世相一说

我是你生命拂动的涟漪

多么宽广也无碍大局

我是你荡舟唱晚的听众

不当追星捧月的歌迷

所以，恢宏不了大浪

形成威胁的天敌

所以，不加入踩踏的险情

伤害众望的身体

就是你唱诗班里的成员

倾泻着虔诚与感激

原本也是芳唇可近的理想者

却因总为他人解答疑

闲置己身功利外

误了风情还犹豫

# 我是亘古不变的爱情

我是亘古不变的爱情
连续的下个世纪读它
也不需要语言调整
只要把心放在里面
文学的血就跟着律动
我写恩怨都用了责任
让万方仪态牵着禾风
绿向你家后院的小山
防止熟透的枫叶飘零
我个人的实践太小了
在感觉的天地放牧——
一个种类都跟着奔腾
静时，正是狂妄的海
只要阅读就拿走你的呼啸
动了，反倒安然八方的夜
把一处处意境染红……

# 解晴的红日已高悬

——雪中抒情

近日，北国边陲哈尔滨一连几天飞雪，结束了一冬不雪的气象……

——题记

春天的风雪

排就信仰的航帆

整个人间都是海呀

久违的浩荡

一扫比花拟蝶的诗篇

凭江凝望汹涌——

疑是月下浮云推化身

号召苍茫洗长天

亦为淙淙溪水冲憔悴

将多少不解窄变宽

我亦豁笔补空旷
当辞旧迎新又联欢
广播为迷茫报着能见度
我这儿解晴的红日已高悬……
雪铺芳馨千里
入景的人借用客观
制造了快乐童年
我赶紧也吸一口
传情寄爱的空气
淡却倦心伤骨的心寒
啊，平庸的人生
都因没有亲临灾难
你用自己的血
才能穿越别人的峰峦
我是庄稼人的后代——
初识辩证法就在场院
如今依旧耕耘田间
续写《农夫与蛇》的寓言

真切约会制度的虹霓

佳期里那迎春的紫燕

壮丽还是将天赋的飘逸

用于雪抚碧绿的转换——

把嫉妒不走的语言功力

一直修炼到云端……

# 一切都在更新中前进

——给朋友们

是我经营的语言张狂
还是你派来的挫折沧桑
临冬的秋风几尽凛冽
陪我在哲学中练习死亡
上市的白菜带着泥土
起程时就知道终点胃肠
那么反过来的日子
不就隔着春播吗
小寒里也有油菜花香
一切都在更新中前进——
如果我们青春不老
滴翠的心谁来补偿
夏日的花园总用不尽
还让不让秋天生长海棠

博大的心是一种退却

今朝面对霜染归期

明春才能绿柳成行……

# 感悟岁月

——写给朋友

我感谢冬天

抑制了千里桃花的风言

这个季节很少绯闻——

开怀难解透冷的衣衫

我感谢春天

风沙向着枯燥的路线

绿野粉影还得憧憬忍耐

雪融冰化都来阻止

席地就欲的睡眠

我感谢夏天

直射的光辉

让我们顾影自怜

龌龊成什么形象

都得用代价兑换

我感谢秋天

漫地叶落嘱我不要张扬

初时谁不翠色翩翩

年轻不也于夕阳之前

啊，生活就是季节的辩证

互相纵情又相互共勉

笔于无限烂漫

心不侵占他人地盘

灵魂里总有众眸为镜

是我信仰的万载超然……

## 重要通知

——新年寄语我的朋友们

不是雪寒枯草
人却被和风照料
几十年少有的元旦晴朗——
上帝的轩昂我终于看到
什么天堂什么地狱呀
精神的指向都乘着飘渺
本在地狱还要再下地狱
君不见多少行者才去了镣铐
感谢二〇一一的年初之光
为我专递一项重要通知——
重要就在于很多重要
它从此就不再重要……
这是我以土著身份风雨边疆
告别了鹰悬日月的粗犷线条

首次以雄鸡的细腻
为自己的清晨报晓
抚摸真情祝愿所含的友谊
更谢没有爱情唱着爱的美妙
感悟的场面是重新的壮观
肩扛冻浪也能与你分割春潮
人要归了本性天力都会无奈
闻雷万钧不如触摸一回心跳
所有的向往可以真实微笑
真正的繁荣必须凋零浮躁
还得承认这量变形成的质变
没有年轮谁有气魄凭空飞绕
甚至在你更年未到的季节里
我也可不用语言把语言警告
那么苍白还涂什么先师红晕
骏马嘶鸣不光是伯乐的爱好
举天下之贤到我头上闪耀
走进宽广得用无畏的护照……

## 向北方……

——冬夜记事

忆儿时雪打柴门
风匣拉红童年时光
爬犁就冰驮起煤渣余热
草房容暖是我明天的梦乡……
老榆树颤抖在春天的路畔
荆棘充绿硬了少年肩膀
所有的饥饿都用肠鸣叫夜——
吃一顿干粮是全家的理想……
人民公社集体了万古私欲
大寨田里放莺飞草长
犁耕之后又用笔耕
老牛打盹儿人不迷茫
“柳笛”小曲在祖坟中清唱——
《人民日报》印了我的分行

发表就是我的展望……

本来都学成了一个医生

听诊器却触在了社会的胸膛

我避短处就不停地看心

直到把逼真写成渺茫——

渺茫却是很多灵魂的向往……

情怀旧事思景幽魂芳

雪飞岁末请往事悠扬

在这有限的操控中

日月总得许些展望

更晓无限的未知里

能否风暴之中一瓢水——

人生何必都汪洋

不妒同在苍天下

有人火热有人凄凉……

仰目纵昔依次过

起身叠梦用键详

睡床管不了身体的事儿

涉足时代就得感谢太阳
你好我坏不过差强人意
大抵相爱就别对人间彷徨
正于海地风送哀
再痛汶川雨倒墙
实际的命运如乘车
到哪儿只能由方向
升天入地不随己
赶上哪桩是哪桩
唯有一歌听我的
衷情弓字腰亦弯
随时勤奋我笔非常
民族的才是世界的
小情有序大爱无疆
于是，就拎起回忆扛起路
走在北方又向北方……

# 我在花儿的汛情里等你……

——新年献词

十年前我练习跨世纪

1999 的数字是一组吉利

岁尾的积雪为我准备辙印

中年的激情是一部

扶老携幼的机器

那时的出发已晓返程

一支笔喊累了前方的动力

后来我在恋爱中选择狭隘

辽阔本来不是我的领地

于是，就慢慢地疏远宏观

谁能一身巍峨两肩风雨

细致在久病床上父母的呻吟

具体于长嘘短叹中女儿的欢娱

热爱的发廊里我发现了衰老

命中的坟把亲人们纷纷领去
最大收获是孩子重复了我的身高
还得动用从前压制他们的华丽——
所以来不及返程又开始出发
末班车上才与网不期而遇……
辛酸少年的我在人民公社
禾锄收工还得劳累握笔
编辑部给我们那批作者
总是备好泥牛入海的消息
也许我今天的网上读者
就有那时那位置之不理
同时也在兼容大西洋彼岸
她乘过的天空颠倒的晨曦
尽管这个时代已经不设骄子
我这儿还真有一面李杜的大旗
直接沟通区别于纸介传播
迅速快捷在讽刺装订和邮局……
严谨依然是我维护的道路

知音的方向得靠真谛寻觅
在这商情大于爱情的人流
我博种风情往来各种关系……
啊，十年前我欲跨世纪
现在也不是彩带怀念往昔
还有那么多的痴情乘着向往
相互都为平静运送着潮汐
人家新年献词都兴拱手祝贺
我笔赋浪漫也可云锦天机
别看街道上如今玉树银花
六十天后大地就起风换绿
让我们各位博友心灵华露——
我在，我在花儿的汛情里等你……

# 代后记

## 有我为你挂起的大红灯笼

风俗中的飞雪令我纵情
笔走塞北暖了多少亲朋
博间的早霞叫亮晨露
我构思的画面是农家风景
于昨夜疏开了心灵渠道
一个梦全都是你晃动的身影……
朋友哇，不足一年你投放多少关爱
回报时代我决不吝啬播种
丰收不只是重重稻海麦浪
我用我心为你呈现好运千顷
铧尖深浅，蹚出你眉宇啼笑
抹一把汗水湿透相思的田垄
无花的月下更是百感交集
皎洁不在年夜是被你的芳容引领

五百年前许诺了赴约
在这多元信息深邃人间的时刻
我逃不出己所不欲的魂灵与共
报喜也不是早春枝头的鸟儿——
一切隐私都在键盘上敲定
你还不带着身体参加沐浴
儿时炊烟是让人心房几净
唯有睡眠还被陈俗隔离
可贵在于我们的异床同梦
有谁不到我的热情里取暖
我也时常惦记到你家举杯相碰……

其实，早已荡起了新春的汛潮
你我都是桃花映面的节庆
婚姻涵盖不了生活的全部
彼此都是相互的日月辰星
你稍泣诉我就惊魂
我一哀叹你也暗了时空

华尔街卷起的情绪能让普通节约
老百姓不知道自己的钱也归金融
小布什卸任与我们有多大关系
只是飞鞋反恐云集了笑声
地球小到村落也可以出去走走
我想牵手与你痛饮八面来风
我的故乡柳堤有你期待的纯真
成熟的日子是背上负荷的加重
一树苦难根须牢固了事业基地
谁还在乎舞矛弄盾威胁心旌
身在何方都不会易帜
感情还是万岁不改的初衷……

生命的夜不是赤裸能够全部
白日的衣服遮不住龌龊沾腥
谁能一人洁净世界的肮脏
信仰也只不过是与世争雄
追随尽可追随于自己的脚步
差距再大也大不过乞丐和富翁

唯有前方的灯火不分阶层地闪烁
笔如锋刃喝彩的是我的弟兄
解剖天下岂是一博两博的责任
苍茫会让所有的战车为方向失踪
只要尽力头顶的苍穹定会酬勤
孤独需我服役不计凄凉而后的沸腾
季节边缘伸张着我伟岸的诗歌
不必相识但你必然要去朗诵
嫉妒对于坚强只是可怜的无为
我的笔力从不为魅艳施粉布红
走进课堂是我成功的实践
我不青春却有青春为灵感送行……

停了巴以双方在新春的呼啸
联合国还是制止不了伊拉克的疼痛
细腻入微的就是抚慰你心的愁云
政治于我已宏观不成雪飘冰封
乡村的后裔沿着田垄走到这步
更笑地位金钱坠落的余生

如今只看重博友情谊的栖息之地
一番倾诉一番告白一番晶莹
三九风暖会吹开沉睡的扉页
上面有我为你挂起的大红灯笼
俗气的话多说也等于没说
牛在耕耘从不屑于仰天嘶鸣……
吐蕊的万物在灵魂里苏醒
雪地无声却能银白千岭
那是你于街头迎我、村口送我
城市和山里的一脉相通
冬天有玲珑剔透圣诞童话
不及沃野一株透绿的冰凌
今年我和季节相约仿佛被人所知
寂寞凄凉要撕毁多年的合同
只不过夜深情深是我与读者的依然
搬出最美的精品刷新你的荧屏——
双腿为桨，勤奋东西南北
两手成航，划开春夏秋冬……

# 附录

## 专家评论

### 高歌一曲赞和谐

高洪波

近日，陈景文又一部政治抒情诗集《和谐赞歌》——献给中国共产党第十七次全国代表大会的十四首诗篇与广大读者见面。《北京晚报》等多家媒体都大篇幅地报道，新华社也发了消息。

我和景文相交多年，在文学的领域更是文友，无论工作境遇的变化和地理上的迁移都改变不了这一点。早在前些年就知景文在大学讲演，两千多人的礼堂座无虚席，三个多小时的讲座赢得同学们几十次热烈的掌声。是的，那是一个文学狂热的年代，学生和读者不同于今天的“粉丝”。那种真诚是对诗的信仰和真诚，是从心底爆发出来的。高占祥同志早在二十年前中国作家出版社出版的陈景文的第一部政治抒情诗集的序言里就记录了当时的情形。那时，景文是《黑龙江日报》的一名编辑。一晃几十个春秋过去，景文在中国诗坛已享有了广泛的声誉，作家出版社、人民文学出版社、中国青年出版社、中国工人出版社、文化艺术出版社等多家出版单位出版了他的 28 部诗集，多家音像出版社还出版了他的电视文学艺术专题和其他作品，多种媒体竞相报道陈景文创作现象。中国作家协会、中国诗歌协会第一个授予他“时代放歌奖”，赞誉：“诗人陈景文的政治抒情诗以自己的创作实践丰富了政治抒情诗。”并着重指出：“他的作品富有强烈的时代感和激昂奋进的精神意蕴，关注祖国命运和历史前进的热忱。”掩卷长思，我想说景文为人民歌唱的激情多年不减，思考不停，这是一种当代诗人难能可贵的思想品质。

景文的确是以国家和人民为歌咏对象的不倦歌者。一向严谨出版、注重社会功效的上海文艺出版总社能以景文的作品当作向十七大献礼的重点书籍，而且是唯一一部政治抒情诗集，就很说明景文诗歌的分量。他的诗歌在中国当今文坛一定会闪耀出更加耀眼的光辉。在当前诗坛能以党的十六大、十七大这样重大政治事件、历史事件为里程碑写下《丰碑》、《和谐赞歌》的政治抒情诗的诗人是罕见的。热爱生活忠于读者和对历史负责就是这部新作的基点：“我们不能满足／在思索里爱你／那领导我们前进的领袖／和你的队伍里／那浩荡的优秀／以及改写了历史／天翻地覆的成就／我想解释热爱／应该用强烈的前进／与你风雨同舟……”这意味深长的表述，使人的身心能进入一种高峰的体验状态，也说明艺术活动并不是一种手段，它本身就是目的，人们在这种活动中可以享受到精神的自由，带来愉悦和惬意。建党八十周年《党旗下的诉说》曾荣登全国文艺书市当天发行榜首。景文用自己形成的风格情感及美学思想，使他的创作才华与心理机能进入和谐一致的自由之境。

最后我还想补充的是，景文同志从农民、警察、教师、医生、记者、编辑一直到从事新闻出版管理工作，很多作品中显示的是他的人生阅历，沿着田垄走向金秋，历经磨难而矢志不改，少年稚嫩的歌喉在沿着田垅向金秋跋涉中愈见高亢响亮。

从这部献给党的第十七次代表大会诗集的题目中，我们就感受到了诗人内心世界更高的精神追求，你看：“爱的巍峨”、“思念”、“大众的爱情广博的心”、“把人民领到他们愿意去的地方”……

在举国欢庆党的十七大胜利召开的历史时刻，让我们用景文的诗句来结束这篇短文：“我多想采一束／北方完达山的冰凌花／让银装素裹说出自己的信念／我多想捧一道／大东海的清澈浪／让碧波湛蓝说出自己的信念／我多想在这秋收的歌谣里／将北方高粱的火焰／同南国木棉的宣言／交织成红色之后／请一片鲜血认可的信念……”高歌一曲赞和谐，时代需要这样的歌者，我们祝贺景文取得的成就……

摘自：2007 年 10 月 19 日《生活报》

2008 年 1 月 18 日《新闻出版报》

# 平常的日子平常的心

## ——读陈景文的爱情诗

雷抒雁

景文人到中年，忽然发了爱情诗兴，一改先前那些慷慨激昂、放声高歌的政治抒情诗的写作，为一些短小的爱情倾诉。

这一写，一发不可止，很快结集为《与你倾诉》之一、之二两本爱情诗选。

诗很短小，差不多每首十行左右，读起来不很吃力，有的富于情致，有的寓于哲思，很能激发读者对爱情的回想。

爱情，许久以来就被文学封为永恒的主题。也有因爱情的成功而出现奇迹的，也有因爱情的失败而殒命的。爱情常常以玄妙的形容出现在人们的谈论中，西方因此将爱神塑造为蒙目的女神。流行歌曲则说："这就是爱，说也说不清楚。"

陈景文的爱情诗不是经过诗人的想象而点化出来的浪漫图画，他写的是普通人的普通爱情心理。

其实，无论男女，从青年之后，谁没有过爱情经历！婚姻，无论成败，都有过恋爱为先导，都因为爱情的激励而结缘为家。只是普通人的爱情只局限为一种“行为艺术”，并不去细心体察“爱情”二字的深刻内涵，只是注意赢得对方的欢心。这些“行为”，经诗人潜心体验之后，形诸文字，变成了美妙诗章。

陈景文的爱情诗，正是一位多情多思的诗人对平常的日子平常的心的悉心捕捉和体验。他的诗里没有情痴的疯狂，也没有失恋的绝望；爱情于诗人，就是过日子，期间并无特别的功利。

他以痛苦的心呼唤爱情：“来吧 / 你是我房间里的春天 / 没有你，我真不知怎样打发日子。”（《听你那轻轻的怪怨》）

他以美好的心理赞颂思恋：“度过那时节的严寒 / 我们用思念对方取暖。”（《我们用思念对方取暖》）

他以极为现实的心态描述爱情的未来：“记得曾有‘千金一刻’…… / 那是多情岁月的峰巅 / 我追求一般的生活 / 正常人的日子该是十分简单。”（《正常人的日子该是十分简单》）

他追求的情是真实的，可以触摸到的，而不是虚幻的憧憬：“我要生前一寸新缘 / 不要死后一顷墓地 / 我要你青春时节的一眼秋波 / 不要老态龙钟时 / 给我的全部允许 / 情不是虚无梦幻 / 生活中没有比它更为真实的东西。”（《情》）

婚姻也会受伤，但是诗人对受伤后的婚姻，以“忘却”疗治伤痛：“如果总在表现你健全的记忆 / 那一定是仇火燎起秋季的荒原。”（《修复之后》）

他享受了完美的爱情和婚姻生活之后，高歌：“踏实的日子最美丽。”（《踏实的日子最美丽》）

爱情的平静与成功，并不能保证爱的持久与新鲜。诗人厌弃“无爱无欲的人生”。

我愿意同死亡交谈
是因为已经脱离了
生活的边缘
爱已经陈旧
欲望也不显得新鲜
无爱无欲的人生
不会鼓舞前进
充满朝气的社会
其实也该容许
一部分贪婪
（《无爱无欲的人生》）

我之所以完整地抄下这些诗，是因为他比较准确地把握了一种生存状态。在我们的家庭生活中，许多人在许多时候正是这样慵懒，生活极其空洞和无味。爱情因为家庭生活的负累而陈旧，欲望因为人生的奔波而枯竭。这种人生状况必然有碍社会发展。陈景文的作品在促进社会向文明发展中起了健康的作用，所以文学的使命赋予了他积极的意义。

爱情是人生的活力，也必然会构成社会平静与发展的因素。

所以，健康的人生，是在不断地滋育爱情，让她如同春草，不断发出新叶，以新鲜的姿态出现。诗人不是社会学家，许多问题，并非能找到准确的、科学的答案，但他以直觉的敏锐，感受到“无爱无欲的人生”的可怕，却是给我们一个惊醒，无爱无欲，正是生活停滞和死亡的前奏。

读陈景文的这些短诗，你会感觉到诗人是个勤奋的人，每天都在剖析人生，咀嚼生活，而且把那种滋味真实地记录下来，传递给读者。这些生活，每个普通人都经历过，但是却不一定能品出其中的真实滋味来。

许多诗人常常抱怨生活的平淡，热衷于编织远离常人生活的故事，热衷于奇迹的制造。这种心态，必然写出些远离人间烟火的诗行。

一滴血可以化验人体。诗歌的创作，正是把人生的许多点，当作一滴滴血，抽来化验，使平凡的日子变得非凡，使熟烂的生活变得陌生，使普通人不经意流逝的情感重新呈现在人们眼前，然后为之惊叹，为之猛醒，为之激奋，重新认识和安排生活。陈景文爱情诗创作的意义也正在这里。

陈景文是个富于激情的人。从他的爱情诗里，我们不只读到了他的爱情心理历程，读到了他在爱情过程中的种种真实体验，也读到了他像常人一样也有心猿意马，对爱情波折的苦痛不安，但我们更从中读到诗人的执着与坚韧。他坚信“总有力量在鼓舞着明天 / 希望的灯盏久燃不灭”（《对人生的感谢》）。

说到底，爱情只是人生的一部分，哪怕是十分重要的一部分。人生还有更多的期望在前边。既不该为爱情的幸福而沉溺，也不可为爱情的挫折而绝望。对于年轻人，爱情是激活生命的力量；对于老年人，爱情则是咀嚼人生的往事。陈景文以诗的方式，先自咀嚼爱情，活灵活现地将那滋味告诉给我们，这正是他这些诗的价值所在。

摘自 1995 年《中国文化报》

# 他借椰风唱海韵

## ——陈景文和他的爱情诗

张同吾

陈景文的性格是灼热而奔放的，大步流星地走来，自由挥洒地交谈，总是涌荡着青春的活力，也时时击溅出智慧的火花。每次见到他，我都很自然地联想起一位惊天动地的伟人在青年时代写下的诗句："自信人生二百年，会当击水三千里。"我不是说他进入这样的精神境界，而又如此气宇轩昂，我只是真切地感觉到，他有着激扬奋进的性格和燃烧不熄的热情，从而鲜明地表现出男性气质与男性风采。也许正因为这样，他才会有坎坷的人生经历、丰富的情感体验和多彩的日月星辰。描写他的许多报道都是有传奇色彩的，当农民、当警察、当教师、当医生、当工农兵学员与省报记者、当省电视台编导，现在又"南疆再悬雪国星"，领导海南省音像出版社。他的许多歌词由名家谱曲，以视音为媒介，唱红了大江南北，真可谓《风风火火是人生》。然而，这仅仅是他筑造事业殿堂的艰辛足迹和峥嵘岁月，而真正能够表现他的诗人气质与情感世界的是他自己的诗篇，真正能够表现时代精神与文化观照的也是他自己的诗篇。

在短短几年中，他已出版了《人生之歌》、《家乡的土地》、《灼热的情思》、《爱在燃烧》、《青春林里相思树》等十本诗集，最近又有《与你倾诉——陈景文爱情诗新选 300 首》问世。最早引起青年读者们心热血热的作品，是他的那些如同大河奔涌般的抒情长诗，他饱蘸真挚热烈的激情，歌颂美好的时代，歌颂质朴的乡情，歌颂青春年华，歌颂奉献精神。其优点是捕捉到时代生活与人生价值的深刻主题，其灼热的情思给人以强烈的感染；其不足是缺乏新鲜的观照视角，发现和营造诗的意象，以此来表现崭新的价值取向、审美意识和精神风貌。经过了两三年的孕育和熔造，《与你倾诉》这本爱情诗新选的问世，则标志着陈景文诗歌美学新的拓展。他没有改变热诚明丽的诗风，也没有改变搏击进取的精神，然而他让诗的触角伸向灵魂的王国，去窥探心灵的奥秘，去寻觅爱情的真谛，去思索文化的流变，去谛听时代的足音。

爱情诗应该是诗苑中馥郁芳香的鲜花，不管是绝奇艳美，还是清淡素雅，都应该是情感经验的艺术凝聚和审美的心理升华，融合着他的喜悦与痛苦，但在心理探微与文化观照中，就有了普遍的意义：他说女孩“是敞开自己与天真游玩”，女人则“是包着自己去迷别人”，“女孩到了女人的年龄 / 其实是男人的成熟”（《女孩与女人》）；他又说“处女 / 是一堵墙 / 羞涩的资本 / 是可贵的风光 / 在蓓蕾的季节里 / 夜夜会有带笑的梦 / 整个春天都是情的床”（《爱在处女时节》）。他以其尖锐深刻让诗富有警世意味，同时又用人类美妙的情愫酿制诗的甘露以浸润人的灵魂，于是我们看到了情天大海、霞光丽日中的旖旎多姿和潮涨潮落中的云卷云舒。莎士比亚说过：“爱情不是用眼睛，而是用心灵看的，所以长翅膀的爱神被画成瞎子。”这说明爱情是心灵感受，是情感交融，而婚姻则是感情与理性的统一。于是在陈景文的诗里，既有梦幻的轻柔，又有现实的严峻；既有初恋的甜蜜，又有责任的凝重；既有邂逅相遇的心旌摇曳，又有分道扬镳的感伤痛楚。在人类的精神活动中，诗人是最赤诚投入的，才激溅起感情江河中的千缕涟漪万顷波涛，不管是旭日腾空无可遮拦，还是残云遮月暗然凄然，每个读者都会从陈景文的诗里找到自己，重温一段情的凉热与爱的悲欢。

陈景文的爱情诗是有个性的，其一表现为创作主体的男性心理与男性文化的统一：一方面，进入爱的角色，男性有着鲜明的受动性与温顺性，“能为千军万马高歌／却经不起一人的低叹”（《想起了原来的我》）。男人就是这样：甜甜的微笑就能让他病弱之躯顿生阳刚之气，美丽的幻影也能让他在幽暗的夜里感到四壁生辉。这是因为“没有了女性／温柔的早晨／也会变得生硬”，这是因为“多少英雄之歌的壮烈／源自群芳丛中”（《女性》）。于是就衍生了一种男性的审美理想：“撒娇的时候／你是女儿／苍凉的心房／也会长出欢欣／爱抚的时候／你是母亲／温情的泪水／洗去挫折的伤痕”（《你是母亲你是女儿》），“走进城堡／我就是国王”，“妻子是月亮／女儿是太阳／芳馨迷漫时光短／暖风袭人夜色长”（《家》）；于是他触及一个古老的人生奥秘：“女人因为美丽去温柔／男人能否借用温柔去壮丽”（《让我做一次小溪》）。另一方面，进入爱的角色，男性又是赤诚而坚毅的，用真情和责任支撑起爱的天宇：“男子汉做事／要的是血冲青天的豪气”，“敢接你死后归属的／唯有我这你看瘦了的身躯”（《为了昂贵你的价值》）。其二是在寻觅爱情真谛中窥探时代风情：他清醒地意识到在改革开放的激流中，真金与砂砾相混杂，他批判肉欲与浮艳，鄙视享乐主义与游戏人生，同时又勇敢地拂去缠裹于爱情的虚伪的面纱，看到爱的本色与真容，强化了自主意识，融入了成熟的理性，爱的天地才丰富而宽广。他说“只要今天我们相互依偎 / 我们就有今天的安宁 / 将来都是未知的 / 最信不过的就是 / 那一刻的海誓山盟 / 因为它无法检阅 / 长久的激情”（《我先决定送你一程》）；能否地久天长，“那就要看 / 每天是不是 / 都有新的阳光 / 明媚总是一种颜色 / 也就失去了光明的向往”（《总得有互相吸引的地方》），那么在爱的疆域里，该登台的就要登台，“不是处女的 / 不一定不是姑娘”（《尺度怎样把伟岸度量》）；该谢幕的就要谢幕，“即使你占有舞台 / 也不能总是一种面目”，“谁能总听一种潮声 / 召唤远方的瀑布”（《哪管是狰狞的绝唱》）。富兰克林精辟地阐释了爱情与婚姻的关系：“哪里有没有爱情的婚姻，哪里就会有没有婚姻的爱情”，于是诗人愤懑地指斥庸俗道德是“感情世界里 / 阻止感情的妖魔”，“情海滔滔 / 数不清的航帆为它夭折”（《舆论是什么》）；于是诗人以蕴含哲理的诗句，写出一代人的心声：“九十年代的中国 / 一部走出传统的书 / 对于习惯 / 那是风雨袭击的道德 / 对于生活 / 却是反叛者的日出！”

陈景文已形成了较稳定的艺术风格和抒情方式，愿他的爱情诗更有青春的魅力。

摘自《文艺报》1994 年 11 月 22 日

# 全国各大报刊
# 对陈景文作品的评论摘要

·我们无法否认景文同志的才华和他对生活的独特感受。这个农民的儿子有着复杂坎坷的生活经历，当他拿起笔进行创作时，我们从字里行间可以深深感到景文对生活的热爱、对美好未来的憧憬、对光明的讴歌，以及景文矢志不渝的理想、信念和火一样的热情。可以说景文走上诗歌的创作道路，就给自己寻找到了一个永恒的主题——热爱生活，向往未来。

摘自《中国青年》1988 年第 3 期

·随着岁月的流逝，陈景文从少年步入了青年时代，完成了对家乡对祖国朴素的爱到坚贞不渝真切深沉的爱的过渡。

摘自《博览群书》1988 年第 6 期

·陈景文的诗作充满着哲理意蕴和人情魅力，同时又具有男子汉的轩昂气度。

摘自《人民日报》1994 年 1 月 14 日

·《与你倾诉》标志着陈景文诗歌美学的拓展。他的爱情诗不局限于纯情，而是通过梦幻的轻柔、现实的严峻、初恋的甜蜜、责任的凝重、邂逅相遇的心旌摇曳与分道扬镳的感伤痛苦，来表现男性的阳刚之美和人生价值。

摘自《光明日报》1994 年 1 月 14 日

·陈景文的爱情诗是审美个性、创作主体的男性心理与男性文化的统一，对诗与时代情绪的内在关系，在强化主题意识融入理性方面，已构成了“陈景文现象”。

摘自《中国文化报》1994 年 1 月 14 日

·这个“从我认得第一个字的时候便是家族史上扫盲的开始”的农民，经过了曲折的人生历程却保有昂扬的进取精神和拼搏意识，读者会随着他的诗句去窥探心灵的奥秘，去谛听时代的足音。

摘自《工人日报》1994 年 1 月 15 日

·陈景文诗歌的阳刚之美体现了人生价值，每个读者都会从他的诗里找到自己，重温一段情的凉热和爱的悲欢。他的诗风明丽热情，让人们随着意味隽永的诗句去寻觅爱情的真谛，去思索文化的流变，去体会男子汉的雄性风采。

摘自《诗刊》1994 年第 2 期

·他是以男人的视角触摸女人的内心世界，其崇高、其雄壮，也是值得从事女性文学的人们来研究的。

摘自《中国妇女报》1994 年 1 月 15 日

·阳刚之气呈现的雄性风采是陈景文爱情诗的最大特点，他用饱蘸激情之笔描绘深刻的体验——《与你倾诉》

摘自《北京日报》1994 年 1 月 15 日

·对这些现象的深刻剖析加入作者独特的感情体验，陈景文的低吟浅唱也伴着男儿的呼啸。

摘自《北京晚报》1994 年 1 月 16 日

·陈景文吟咏人生爱情的诗集，展现了一颗年轻而敏感的心灵历经磨折而走向成熟的过程，手法独特，语言新颖。

摘自《中国青年报》1994 年 1 月 21 日

·他是想通过真诚的呼唤告诉人们，磨难可以丰富人的生活阅历，应该把不幸的往事看做是有幸的人生，你曾拥有苦难你就会拥有财富。他通过对诗歌美学的开拓，又通过文学的昂然视角，给人以进取的力量，给人以生活的启迪。他敞开坦坦荡荡的胸怀，去呼唤柔情如水的感情世界。

摘自《经济日报》1994 年 1 月 22 日

·爱情是不可逾越的人生阶段，热恋、失恋、第三者、外遇、离婚、喜新厌旧等现象和心态，情人风、下海潮引发的家庭裂变，独身女、痴情男往来情深却不成眷属的感情纠葛，街头女孩、酒吧透视、舞厅陪伴、老板秘书等沉痛的阐述和浪漫的笔调，回首往事的欢声和对现实生活的辛酸思考的曝光，织成了陈景文别具一格的爱情诗的风景线。人们都可以从那里找回一段自己对生活的感受和人生的感觉。

摘自《人民日报》海外版 1994 年 1 月 22 日

·景文固然是沿着田垄向金秋跋涉，多年来凭着锲而不舍的那份孜孜不倦，看过他作品的人无一不说他感受人生中那些积极上进的诗句，是凭着千金难买的创伤沉淀化为财富后与你倾诉的。

摘自《新闻出版报》1994 年 1 月 29 日

·陈景文的作品在促进社会向文明发展中起了健康的作用，所以文学使命也赋予了他新的意义。

摘自《诗歌报》1995 年 7 月号

·景文的诗写得明白畅晓，歌词也极妙……可惜更多的聪明脑袋悟不透此间的玄关奥妙，这就是生活。

摘自《南方周末》1996 年 3 月 1 日

·他高扬理想的风帆，高唱奋进的信仰之歌。你仿佛听见流泉在奔涌 、火山在喷发，你的眼前是一片熊熊烈火，耳边则是洪钟长鸣。于是，你受到了感染，你也热血沸腾起来，你甚至被他那结实而有力的诗句击溅出智慧的火花，重新唤起了我们阅读长篇抒情诗和爱情诗的热情，这是陈景文对当代诗坛的贡献。他的创作鲜明地烙印着他独特的个性，既有磅礴的气势，又不乏生活的气息和形象感。陈景文将自己的人生体验和美学理想都熔铸进这些意象和词句中，因此，他的诗有着极强的表现力和精神力量。

摘自《文艺报》1997 年 11 月 14 日

·陈景文是个富于激情的人，从他的爱情诗里，我们不只读到了他的爱情心理历程，读到了他在爱情过程中的种种充实体验，也读到了他像常人一样也有过的心猿意马，对爱情波折的苦痛不安，我们更从中读到诗人的执著与坚韧。他坚信：“总有力量在鼓舞明天，希望的灯盏久燃不灭。”使普通人不经意流逝的情感重新呈现在人们眼前，然后让人们为之惊叹，为之猛醒，重新认识和安排生活。诗人创作的意义也正在这里。

摘自《中国文化报》1998 年 7 月 16 日

·应该指出，陈景文的创作是将豪放与细腻、激情和哲理很好地统一在一起的，特别是跳跃于诗中的哲理警句，更是令读者津津乐道。我们看到除了诗言志的人格以外，陈景文在这方面似乎有特别的天赋，他常常是不假思索，哲理和格言便脱口而出，而且没有任何外加的痕迹，这大概也是他的诗歌富于魅力的另一个因素。

摘自《中国诗人报》1998 年 11 月 6 日

·陈景文的创作，总是以激扬奋发的精神为基调，以歌唱时代、歌唱祖国、歌唱生活与爱情为主要内容，以明白晓畅、音韵铿锵、让大多数读者喜闻乐见为审美特征。这种诗风既是对中国新诗传统的继承和发展，也是在今天多之驳杂的诗歌创作现状中，得以独自生存并放出异彩的一个重要原因。

陈景文的诗能得到大多数读者的欣赏和认同，能成为一种值得关注的现象，除了诗歌内容积极健康、表达明白晓畅的特点外，还有就是他能充分地与现代传媒结合、与朗诵艺术结合、与音乐结合。他的诗制成了许多录音盒带和电视音乐文学专辑，这样就大大地扩大了他的诗的传播空间和艺术的效果。这对于有的诗人所坚守的所谓的纯诗写作，致使书斋写作艺术生命萎缩，的确也值得我们思考该如何拓宽诗的路径了。

如果不认为我们是在夸大其词，陈景文诗歌的创作是在为我们、是在为诗的生存发展注入一种活力和生机。

摘自《诗林》2000年第3期

·陈景文政治抒情诗创作的突出特点是高扬爱国主义的主题，几乎每首诗作中都能令人读出对祖国怦然心动的热恋之情结，难怪高洪波同志评价陈景文"是一个以祖国为倾吐对象的不懈歌者"。

陈景文的诗歌在充满火热激情与时代气息的同时，也体现了一个极大的特色，就是朴素、晓白、明快、直抒胸臆，而且充满哲理和警句。他炽情地唱，他激荡地歌，所以，他的朴素赢得了千千万万的读者，以其诗歌精神内核打动吸引读者。

摘自《中国诗人通讯》2001年1月28日

陈景文以创作政治抒情诗而享有广泛的社会影响。我们应该从陈景文的创作现象和艺术经验中受到多方的启迪。当新世纪的霞光辐照广阔的生活疆域的时候，我们应该拓展对政治抒情诗的理解，它需要社会主义思想内容和尽可能完美的艺术形式的统一，陈景文的《在风雪中放歌》以雪国风韵、盛世豪情验证了这一点……

摘自《北方论丛》2002年第4期

我们多年前就注意到了陈景文的创作情况，我们注意陈景文的创作倾向，更是为了繁荣郭小川、贺敬之时代的文学功能。中国作协在怀仁堂组织的歌颂十六大的作品都以陈景文几百行的长诗《盛世天韵》作为集体朗诵的压轴作品，在沪也有很多演出选择陈景文的诗作，一些网站都有他的政治抒情诗和爱情诗的大量信息。陈景文把自己的个人感受记录下来，作为社会进步的见证。豪放粗犷与细腻入微结合，通篇倾注生活情趣与哲理才华。因为它凝重而不沉重，幽默而不轻佻，许多句子依然会成为名言警句而深入人心。在当今纯文学萎缩的情况下，这是十分可贵的。在延安文艺座谈会六十周年时，《诗刊》记者采访陈景文的诗歌《必须走向人民心灵》的长篇文章是很有影响的，他强调生活是创作之源，任何人的成功必然有他的客观规律，难怪中国作协、中央电视台在建国五十周年、建党八十周年都为陈景文举办诗歌朗诵专场。我们就是要提倡陈景文创作中的精神意蕴，重笔描绘前进时代的姹紫嫣红，引导人们进行更高的精神追求，从而筑造和谐家园的更高意境。

摘自《北京晚报》2007年10月22日

早在二十几年前就知景文在大学讲演，两千多人的礼堂座无虚席，三个多小时的讲座赢得同学们的几十次掌声，而后学生还举着“诗人啊，我们跟着你”的标幅几里长街相送。是的，那是一个文学狂热的年代，学生和读者不同于今天的“粉丝”。那种真诚是对诗的信仰和真诚，是从心底爆发的历史见证。高占祥同志早在二十年前作家出版社出版的陈景文的第一部政治抒情诗集的序言里就记录了当时的情形。那时，景文是黑龙江日报的一名编辑，一晃几十个春秋过去，景文在中国诗坛已享有了广泛的声誉，中国作家出版社、人民文学出版社、中国青年出版社、中国工人出版社、文化艺术出版社等多家出版单位出版了他的28部诗集，多家音像出版社还出版了他的电视文学艺术专题和其他作品，多种媒体报道陈景文创作现象。景文用自己形成的风格情感及美学思想，使他的创作才华与心理机能进入了和谐一致的自由之境。景文同志从农民、警察、教师、医生、记者、编辑一直到从事新闻出版管理工作，很多作品中展示的是他的人生阅历，沿着田垄走向金秋，历经磨难而矢志不改，少年稚嫩的歌喉在沿着田垄向金秋跋涉中愈见高亢响亮。

摘自《新闻出版报》2007年12月

# 歌　曲

## 趁着这天雨蒙蒙

陈景文词
郭　峰曲

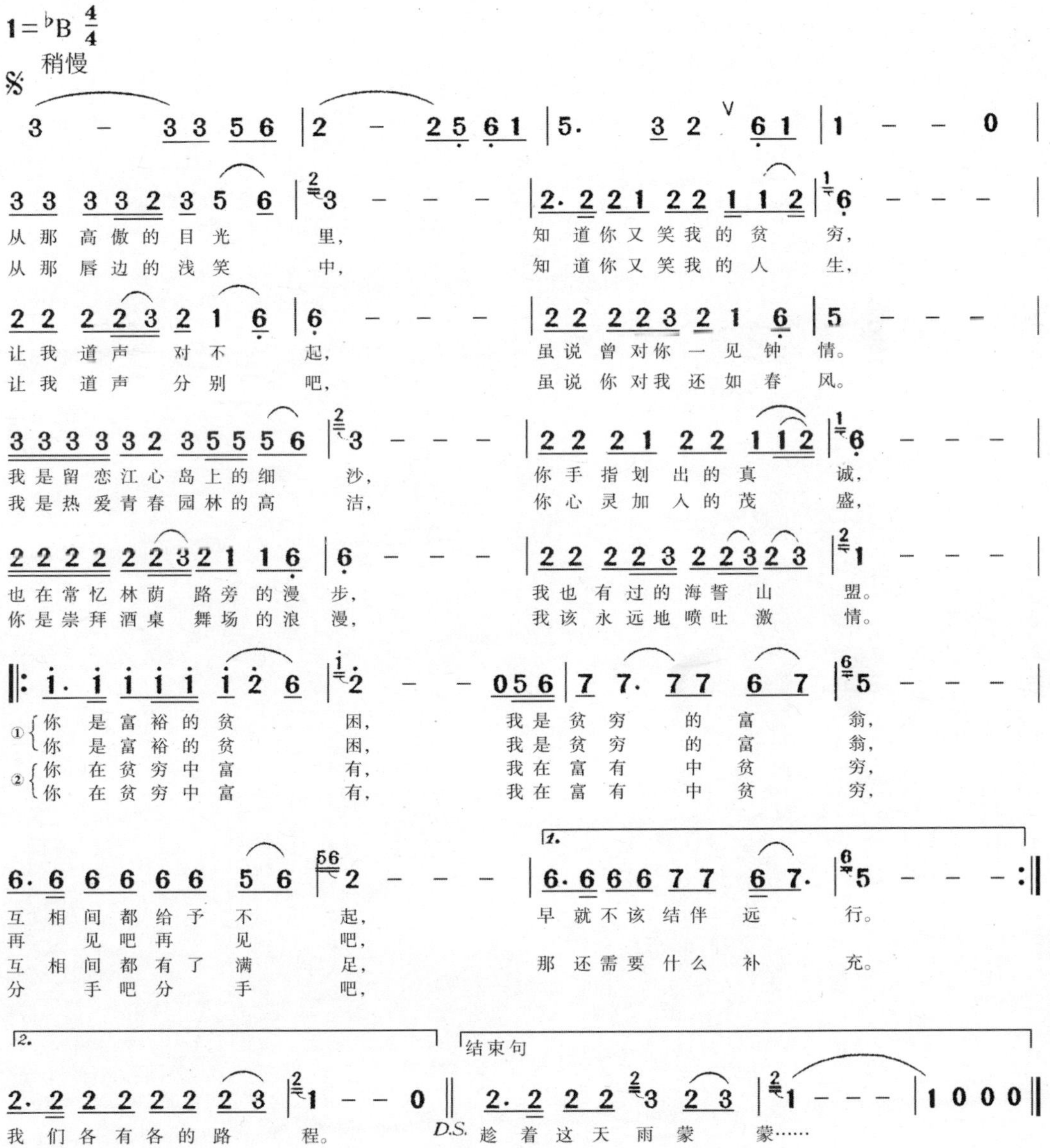


——选自大型电视音乐文学风光片《人生之歌》

**图书在版编目（CIP）数据**

红芳万顷：陈景文最新爱情诗集 / 陈景文著. --
哈尔滨：北方文艺出版社，2012.12（2020.10重印）
ISBN 978-7-5317-3002-6

Ⅰ. ①红… Ⅱ. ①陈… Ⅲ. ①爱情诗—诗集—中国—当代 Ⅳ. ①I227

中国版本图书馆CIP数据核字(2012)第298029号

红芳万顷——陈景文最新爱情诗集

作　　者 / 陈景文
特约编辑 / 曾一丹
责任编辑 / 安　璐
装帧设计 / 安　璐
出版发行 / 北方文艺出版社
地　　址 / 哈尔滨市道里区经纬街 28 号
网　　址 / http://www.bfwy.com
邮　　编 / 150010
电子信箱 / bfwy@bfwy.com
印　　刷 / 哈尔滨市民强印刷厂
开　　本 / 695×975　　1/16
印　　张 / 31
字　　数 / 430 千
版　　次 / 2012 年 12 月第 1 版
印　　次 / 2020 年 10 月第 2 次印刷
书　　号 / ISBN 978-7-5317-3002-6
定　　价 / 68.00 元